カラフルキッス
12つの胸《ムネ》キュン!
戯画　原作
岡田留奈　著
止田卓史&さぎさわあんず&犬彦　原画
PARADIGM NOVELS 189

人物

葉山《はやま》　昇《のぼる》

教職を目指す大学生。教育実習のために、二年半ぶりに下宿『夕映荘』に帰ってきて、日々妹たちに翻弄される。

咲（さき）　明るく元気な甘えん坊。素直になれないところも。

倭（しずか）　下宿の大家。面倒見がよく、おしとやかな性格。

小夏（こなつ）　関西人ではないが関西弁で話す。強引な少女。

由香里（ゆかり）　超甘えん坊のお子さま。昇のことが大好き。

輝（あきら）　病弱で、ずっと入院している。健気でやさしい。

若葉（わかば）　クールな優等生っぽいが、思いこみが激しい。

12人のキュートな妹たち♥ 登場

美月（みつき）　自分にも他人にも厳しい。綾乃のケンカ友達。

乙女（おとめ）　学生ではなく、普段の生活は謎。観察力が鋭い。

楓花（ふうか）　天然ボケ。無垢で、人を疑うことを知らない。

綾乃（あやの）　明朗快活な少女。背が高いのを気にしている。

かんな　人見知りが激しい。事情があって、現在は登校拒否中。

小春（こはる）　小夏のふたごの姉。控えめで、引っ込み思案。

目次

プロローグ 5
第一話 ―倭― 群青の夜 9
第二話 ―咲― 茜色の夕焼け坂で 79
第三話 ―由香里― 桃色妄想症候群 133
第四話 ―小夏― イエロー・ハネムーン 161
第五話 ―若葉― セピアの雨 193
エピローグ 233

プロローグ

「お兄ちゃん！」

……そう呼ばれて、俺《おれ》は振り返った。

高台へと続く坂のふもとで、手を振りながら微笑《ほほえ》む少女……は、やがて俺の脇《わき》を通り過ぎ、近くにいた制服姿の少年のもとへと駆け寄っていく。

——なんだ。俺のことじゃなかったのか。

傾く夕陽《ゆうひ》に手をかざしながら、俺……葉山昇《はやまのぼる》はゆっくりと歩くその兄妹を見ていた。お兄ちゃんと呼ばれた少年は、少々照《て》れ臭《くさ》そうだ。妹らしき少女のほうは、そんなこともおかまいなしに子犬のようにじゃれついている。依然《いぜん》として邪険な態度を取る少年だが……ぴったりと寄り添い合った影が妙に仲むつまじくて、俺は思わず口元をゆるめてしまった。

お兄ちゃん、か……。

感慨《かんがい》深くなってしまうのは、夕焼けの切なさだけのせいじゃない。

この坂……此花坂《このはなざか》を上るのは、二年半ぶりだった。二年半といえば、なにかが変わってしまうにはじゅうぶんすぎるほどの期間だと俺は思う。

それは例えば、人間の性格だったり……街の景色だったり。現に昨日まで俺の住んでいた街では、都市開発でいくつもの店が姿を消し、パズルのピースを埋めるようにしてたくさんのビルが立ち並んでいった。

プロローグ

なのに、この街ときたらどうだ。

俺は立ち止まり、改めて高台からふもとに広がる景色を見下ろした。

オレンジ色に染まる、乱雑な住宅地。遠くのほうで輝く瀬戸内《せとうち》の海。なだらかな坂に沿って、静穏に潮風を受ける甍《いらか》の波……。

ここから見下ろすだけでは、小さな変化まではわからない。だけど俺の目に映るのは、間違いなく二年半前に見たときと同じ、一枚の大きな絵だ。

——兄さん。お兄ちゃん。兄さま。アニキ。にぃにぃ——

潮の匂《にお》いが鼻腔《びこう》をくすぐったその瞬間。

さまざまな呼び名が、俺の耳元を横切ったような感覚にとらわれた。さながら原色の絵の具たちがチューブから飛び出てきたかのような、極彩色のイメージ。

この先に待つ彼女たちは、二年半前と同じ笑顔で俺を出迎えてくれるだろうか。一点の曇りもない、鮮やかな色彩の花束を俺に見せてくれるのだろうか。

俺は再び歩を進め、まっすぐに目的地である「夕映荘《ゆうばえそう》」を目指す。

もう少し。

あと少し。

この坂を上りきれば、きっと見えてくるだろう。古めかしくて、いまにも崩れそうな家……だけど居心地のいい、俺の第二の故郷。

一歩一歩進むごとに、懐かしさが胸にこみ上げてくる。
ただいま、俺の青春時代。
ただいま、俺の妹たち……。

第一話　――倭――　群青の夜

天国のお母さん。倭《しずか》はがんばります。だから……ほんのちょっとだけお願いを聞いてもらえませんか？

「……ちょっと！　私《わたし》のブラジャーがないっ！　ピンクの総レースで高いやつなのに！　誰《だれ》よ誰なの持っていったのはぁーっ！　下着泥棒めーっ！」

「ピンクのレース？　それならさっき楓花《ふうか》がつけてたよ」

「……なんですって？　楓花！　出てきなさいよ！」

「ごめ～ん、若葉《わかば》ちゃ～ん。どうりでサイズが小さいと思ったぁ～」

「……小さくて、悪かったわねえっ！」

……どんがらがっしゃーん。がらごろどかーん……。

いつもの朝の風景。これだけ女の子が揃《そろ》えば、下着の一枚や二枚行方不明になることはあるだろう。別段珍しくもないことだし、倭がご飯をよそる手もいまさら動揺したりはしない。

しかし……内心では、常に敬虔《けいけん》なクリスチャンのように手を組み、天を仰《あお》いでなにかを祈っている。

――天国のお母さん。心配しないでくださいね。ご覧の通り、みんなは元気ですから。だけど、ひとつだけお願いがあります。

あの人を……兄さまを、この夕映荘に戻してください。贅沢《ぜいたく》は言いません。たった一日だけでもいいですから。

それまで、倭は何度も同じ夢を見た。兄さまが……あの大きな手で、ガラス扉を開ける夢。チリンチリンとベルが鳴り、倭は振り返るのだ。

本当は、振り向かなくてもその人物が誰かを知っている。

やっと、帰ってきてくれたのですね。ずっと待っていたのです。この二年半。

「お帰りなさいませ、兄さま」

……だけど、その言葉を口にしようとしたところで、決まって倭は夢から醒《さ》める。

せめて夢ぐらいでは、言葉を交わせてもいいものを。そうは思ってみても、倭は夢も現実も同じくらいつれない存在であることを知っていた。どちらにせよ届かないのなら……もうなにも願いはしない。今は亡《な》き母は、菖蒲《あやめ》のように凛《りん》とした強さを持つ人だった。もしも自分に、同じような強さが受け継《つ》がれているのなら、これから先どんなことがあってもきっとひとりで乗り越えてみせるだろう。

そんな決心ともつかぬ思いを、胸の内に隠し持っていた。それは揺るぎないものであるはずだった。

九月の残暑がアスファルトに照り返る今日……昇が、二年半ぶりにこの夕映荘に帰ってくるまでは。

「……あ、あれ？　も、もしかして倭ちゃん⁉」

倭を見るなり、昇は驚いたように双眸《そうぼう》を見開いた。額から噴き出る汗をものともせず、持っていた荷物を落としかねない勢いで。

「はい。いやですわ、もうお忘れになったのですか？　夕映荘の大家、春日野《はるひの》倭です」

倭は玄関に正座し、三つ指をついたままの姿勢で再度頭を下げた。艶《つや》のある漆黒《しっこく》の長い髪が、はらりと床に落ちる。

「あ、いや、そうじゃなくて……久しぶりだったから、ちょっとびっくりしちゃってさ」

汗を腕で拭《ぬぐ》いながら苦笑するのを見て、倭は首をわずかにひねる。やはり兄さまは、私の顔なんて忘れていたのかもしれない。夕映荘での思い出など、楽しい大学生活を前にしたら霞《かす》んでしまうほど、取るに足らないものだった――。

「……早いものですね。兄さまが此《こ》の道《みち》大学に入学してから、もう二年半も経《た》つだなんて」

倭は気を取り直して、にっこりと微笑《ほほえ》みながら面を上げる。

「ああ、この俺《おれ》が教育学部の三年生だなんて信じられないだろ？　教師なんてガラじゃないよな」

「そんなことありませんわ。兄さまは本当に私たちの面倒をよく見てくださいましたもの。きっと此の道学園でも、立派な教師として生徒たちに慕われると思います」

「はは、気が早いよ。まだ教師じゃなくて教育実習生だからね。それより……実習期間中の二か月間、また夕映荘にお世話になります！」

そう言って深々とおじぎをするので、倭もつられて頭を下げる。

「こちらこそ……ようこそ、夕映荘へ」

言いながら、倭は鼓動《こどう》が速まるのを感じた。

髪を伸ばしていてよかった。私の頬《ほお》が赤いのを、きっと隠してくれているだろうから。

ねえ、兄さま。夢じゃないですわよね――？

「いやあ、ホントに驚いたよ。倭ちゃん……ずいぶん大人《おとな》っぽく、キレイに……」

「えっ？」

倭が顔を上げた瞬間、玄関の外から誰かが小走りに駆け寄ってくる音が聞こえた。

「倭ちゃーん！　兄ちゃんもう来た？」

夕映荘の隣に住む咲《さき》――山辺《やまのべ》咲が、肩で息を切らしながらこちらの様子を覗《のぞ》き見ている。

よほど急いで帰ってきたのだろう。髪につけたトレードマークの白いリボンがほどけかかっていた。

「よう、咲！」

声でわかったのか、昇は振り返りながらポンと咲の頭を軽く叩《たた》いた。すると咲はきょとんとした顔で、目の前に立つ青年の顔を凝視する。

「あれ？　……えーと」

「なんだよ、たった二年ぽっち会わなかったくらいでもう俺の顔忘れちまったのか？」

「え、あ、に、兄ちゃん⁉　あの、忘れたワケじゃなくて……その、心の準備が……」

らしくもなく、咲はもじもじとうつむいている。無理もない、と倭は思った。咲は明るく元気な女の子だけど、本当は人一倍恥ずかしがり屋なのだ。幼なじみでもある倭は、その事実を誰よりもよくわかっている。

「あ、あのね、兄ちゃん！　なんていうか……あたし、あの……」

「なんだよ、咲。どうしたんだ？」

言いたいことがたくさんあったはずなのに、うまく言葉にできないんですよ……倭は咲の代わりに、そう言ってあげたかった。

この二年半、いろいろなことがあった。伝えたい思いがあった。話して聞かせたい出来事があった。それは倭や咲だけではなく、他《ほか》のみんなだって……。

「……ホントに、おにいが来たの？」

「だから窓から見たって言ってるじゃない」

「別人かもしれないじゃん。あんた、ちゃんと眼鏡《めがね》かけてたわけぇ？」

「かけてたわよっ！　私が間違えるはずないじゃないっ！」

「……あぁっ！　ホントにおにいだあぁぁぁ！」

ばたばたばた。どたばたばた。

ものすごい勢いで廊下《ろうか》を走ってくる音。建物《たてもの》全体が、まるで大地震に見舞われたかのように大きく揺れている。

「ほら、やっぱりお兄サンじゃない！」

「おにぃ〜！　久しぶり！」

「おお、美月《みつき》と綾乃《あやの》じゃないか」

駆け寄ってくるなり、きゃぴきゃぴと手を取り合って喜んでいるふたりの少女……ちょっと小柄で眼鏡の似合う柄沢《からさわ》美月と、長身でボーイッシュな性格の久保《くぼ》綾乃は、夕映荘名物のデコボココンビだ。ふたりとも此の道学園の三年生で、夕映荘の下宿人でもある。

倭は人知れず、ふうと小さくため息をついた。彼女たちがふたり揃うと、この後の展開がだいたい読めてしまう。それが名物コンビとも言われるゆえんでもあり……。

「……って、なに人の手握ってるのーっ!?」

「うわっ、美月こそ！　気持ち悪いなあ、手ぇ離せよ！」

「最悪だわ！　あなたの筋肉バカが移ったら脳みそまで

筋肉になっちゃう！」

「なんだとぉ？　どーせたいしたモン入ってないんだから、ありがたいと思え！」

「ふたりとも、お静かに！」

すっくと立ち上がり、倭は一喝《いっかつ》する。ただでさえ老朽化《ろうきゅうか》が進んでいる夕映荘なのに、これ以上刺激を与えられたらたまったものではない。

「はは、倭ちゃんもすっかり大家としての貫禄《かんろく》がついたなあ。……美月と綾乃、おまえたち、相変わらず仲良しで安心したよ」

「お兄サン！　冗談じゃないわ、誰と誰が仲良しですって？」

「そうだよおにい、カンベンしてくれよ！」

ずずいっと、綾乃が肩をいからせて問いつめる。

倭は再びため息をついた。それにしても、兄さまも背は低いほうではないけど……と倭は思う。綾乃ちゃんはそれに迫るほどの身長（確か百七十六センチ）……いえ、迫力だわ。

「わあ、綾乃。また背が伸びた……いや、成長したなあ」

「ああもう、おにいまで人が気にしてることぉ！」

顔を真っ赤にしながら、綾乃は食ってかかった。倭はそんなふたりの間にするっと割り込み、彼が持っていた荷物を奪いながら言う。

「兄さま、とりあえずお部屋にご案内しますわ」

「あ、ああ。悪いね、倭ちゃん」

「えー……あたし、兄ちゃんとあんまり話してないのに」

黙って立っていた咲が、唇を尖《とが》らせながらつぶやいた。美月と綾乃の迫力に押されて、少しご不満気味らしい。

「そう言うなよ咲。これからはお隣さん同士なんだし、それになによりも、俺の生徒になるんだからな」

そう言うと、咲はしぶしぶ納得したのか、こくりと小さくうなずいた。

ふたりの些細《ささい》なやりとりに、倭は胸のうちがざわざわと波打つのを感じる。

私は咲ちゃんが羨《うらや》ましい。夕映荘の管理人としてではなく、せめて生徒という立場だったら……もっと上手《じょうず》に、兄さまに甘えることができたのかしら？

かつて昇は、咲たちの通う此の道学園の生徒だった。

学生時代をこの夕映荘の下宿人として過ごし、同じように下宿していた娘たちとまるで兄妹のように仲むつまじく、平和な日々を送っていた。実際に血の繋《つな》がりはなくとも……同居人の娘たちは昇に対して兄同様の信頼を抱いていたし、当時から近所に住んでいる咲たちもまたしかり。まるで大家族の一員のように、ほぼ毎日夕映荘に顔を出していたのだった。

あれは自分にとって、かけがえのない日々だったと倭は思う。

やがて昇が、山の向こうにある此の道大学に入学が決まり、夕映荘を後にしてから……そして大家であった倭の母が急逝《きゅうせい》してから、二年半が経つ。

「……この部屋、そのままにしておいてくれたんだ」

二階に上がり、２０４号室のドアを開けた瞬間、昇はため息にも似たような声でそうつぶやいた。

「ええ。実は兄さまがこの部屋を引き払ってから、下宿してくださる方が誰も決まらなかったのです」

正確には決まらなかったのではなく、倭が決めなかったのだが。

下宿というシステムが死滅の一途を辿《たど》っている昨今、それでも入居させてくれという物好きな申し出はいままで何度かはあった。しかし、倭が契約を決めかねたのは……たったひとつの理由からだ。

いつか、兄さまは帰ってくる。

根拠はない。ただ確信めいた気持ちだけが、契約書への捺印《なついん》を阻止させたのだった。

だけど、昇がまさか此の道学園の教育実習生として、この夕映荘に再び住むことになろうとは……しかも此の道学園独自のプログラムとして、未来の教員を生徒たちと同じ敷地《しきち》内《ない》に住まわせ、相互理解を深めさせようなどという不可思議《ふかしぎ》な決まりがなければこんな展開にはならなかった。もっとも、相互理解云々《うんぬん》は大義名分であり、実際は生徒たちが乱れた生活を送らないように監視させるというのが本来の目的でもあるのだが。

昇はゆっくりと部屋に入り、感慨深《かんがい》そうな面持ちであちこちを眺めている。

柱に取りつけたフックから、壁の色あせたポスターの跡に至るまで、あの頃《ころ》となにひとつ変わりはないはずだった。昇がいつ帰ってきてもいいように、倭は毎日掃除機をかけ、こまめに畳《たたみ》を拭《ふ》き、二年半前と同じ空気を保ち続けてきたのだ。

「懐かしいなあ。なにもかも昔のまんまだ。倭ちゃん、ありがとう」

倭のほうを振り返り、昇は笑った。倭は恐縮したのと照《て》れ臭《くさ》いのとで、わずかに頬を染めながらうつむく。

「天井のシミもそのまま残ってるな。んでもって、押し入れには……」

「あの、兄さま……」

倭は顔を上げ、小さな声で言いかけた。しかし昇が押し入れの襖《ふすま》を開けたとたん、

「あにーーーーーーーっ！」

まさに黄色い弾丸、といった表現がふさわしいような嬌声《きょうせい》と物体とが、押し入れの中から昇の身体《からだ》めがけて飛び出してきたのだった。

「ふぐあッ!!」

予期せぬ衝撃に、昇はそのまま背後になぎ倒された。その身体の上には、またがるような格好でふたりの少女がけらけらと笑っている。

「にぃにぃ～」

「にひひ。あに～、おかえり～っ」

昇を「あに」と呼ぶ少女……屈託《くったく》のない笑みを満面に浮かべ、その豊満な胸をぐりぐりと押しつけているのは岸和田《きしわだ》楓花。そして背後で恥ずかしげに頬を染め、ツインテールを揺らしているのは御崎由香里《みさきゆかり》だ。おそらく昇を驚かせようと、押し入れにずっと隠れていたのだろう……夕映荘のお子様コンビらしい発想である。

「楓花ちゃんと由香里ちゃんっ。に、兄さまが……」

「く、くるひぃ」

顔面蒼白《がんめんそうはく》になる倭をよそに、昇は道路沿いでひからびているヒキガエルよろしく、悲愴な声で救いの手を求めている。

「ねぇ～、あに～、びっくりした～？」

「にぃにぃ、ゆかりね、ふうかちゃんと一緒に押し入れの中で待ってたの」

「ええ～、由香里ちゃん、途中で寝ちゃってたくせにぃ」

そう楓花が茶化すと、由香里はわずかに唇を尖らせた。確かに、ほっぺの辺りに寝ジワがうっすらと残っている。

「ふたりとも、そこから降りないと兄さまが困ってしまいますよ」

倭は由香里の小さな身体を抱え、畳の上にちょこんと座らせた。楓花も恐縮した様子で、昇の上からぱっと飛びのく。

「楓花も由香里ちゃんも、相変わらずだなあ……」

やれやれ、といった調子で昇は頭をがしがしとかいた。夕映荘のメンバーにはわけへだてなく接してきた昇だが、このお子様コンビには比較的甘くなってしまうのも無理はない話である。

「え～、楓花、大きくなったと思わないー？」

ピッと背筋を伸ばし、楓花は同意を求めるようにして昇をうかがった。身体にフィットした服の胸元から覗くたわわな膨らみに、昇の視線も思わず凝固する。

「えと……確かに大きく、なったかなあ……」

その視線の行方に気づいた倭が、昇の手をつねろうとするよりも先に……倭の背後から、大げさな咳払《せきばら》いが聞こえてきた。

「あー、ゴホンゴホン！　ウォッホン！　ちょっと楓花！」

刺々《とげとげ》しいまでの声色に、楓花の表情が固まる。おそるおそる倭が振り返ると……そこには、眼鏡のフレームを苛立《いらだ》たしげに上下させている、葉野《はの》若葉が立っていた。

「ふわぁっ、若葉ちゃんだ～」

「あなた、いま私の兄さんになにしてたの？　せっかく感動の再会を果たそうと思ってたのに、台無しじゃない！」

なにが台無しなのかわからないまま、楓花はきょとんとしている。由香里もまた不思議《ふしぎ》そうな顔で、若葉を見上げた。

「にぃにぃは、ゆかりのにぃにぃなのぉ〜」

「え〜、由香里ちゃんズルイよぉ。楓花のあにだも〜ん」

「もぉーっ！　そういうことじゃないでしょっ！」

三人のちぐはぐなやりとりを眺めながら、倭は何度目になるかわからないため息をついた。

……お母さん、倭はがんばります。だって、私はお母さんのような立派な大家になるのが夢だったんですもの。

こういった場面に出くわすたびに、自分は大家であった母親のようにうまくやれているのかと、つい天を仰いでしまうのだ。

若葉は、町内一の進学校に通う「自称」優等生だ。黙っていれば利発で育ちのいいお嬢《じょう》様《さま》といった雰囲気《ふんいき》なのだが（そんなことは面と向かっては言えないが）、一度口を開くと少々暴走気味……というか、熱にうかされたように突っ走ることが多い。

「まあまあ、若葉……元気にしてたか？　落第したんじゃないかって心配してたんだぞ」

三人の間に入るようにして昇が言うと、若葉はここぞとばかりに胸を張る。

「兄さんったら！　町一番の神童と謳《うた》われた私が、落ちこぼれるワケないでしょ？　エリート街道まっしぐら、末は医者か弁護士か、はたまた総理大臣かってなものよ。私が日本を動かさなくて、誰が動かすっていうの？」

「それは……いい心がけだなあ。うん」

「なーんてね！　本当は運命の出会いに翻弄《ほんろう》される、いたいけな少女なの……。二年半の時を経《へ》て、ようやく巡り会うふたり！　ああっ、地位も身分もなにもかもを捨てて、愛する人のもとへと飛び込んでいきたい！　そして情熱的な抱擁《ほうよう》！　感動的なラブシーン！」

「はあ……」

ひどく疲れたような表情をしながら、昇は相づちを打つ。楓花と由香里は、異国の言葉を聞いているような顔でぽかーんと若葉を見つめていた。

「ああ……兄さん、ダメよ……私たち、結ばれてはいけないの。あまりにも身分が違いすぎるわ……なぜなら私は一国の姫《ひめ》。そしてあなたは従者……」

「誰が従者だ！」

「でも！　でも！　愛し合うふたりにとって、障害など屁《へ》でもないわ！　兄さん、私の愛を受け取ってー！」

あら若葉ちゃん、お下品ですわ。屁だなんて……と倭は内心ツッコミを入れたところで、はっと我に返る。見れば、若葉がいまにも昇に抱きつこうとしている最中ではないか。

「わ、若葉ちゃん！　そろそろ歓迎会……いえ、お夕飯の用意をしないといけませんわよね」

「あら、そうだったわね」

憑《つ》き物《もの》が落ちたかのように若葉が素に戻るので、構えていた昇がガクっとその場に崩れ落ちた。

「……おまえなぁ」

「じゃあ兄さん、後でね！　楓花、私の兄さんにあんまり近づかないでよね！」

「ふわぁ～い。怒られちったね、由香里ちゃん」

「あのねふうかちゃん、近づくのはダメでも、くっつくならいいと思うのぉ」

「あー、そっかぁー。由香里ちゃんあったまいい～」

「どうしてそうなるのよっ！　……倭さん、ふたりがヘンなことしないように見張っておいてね！」

そう言いながら、若葉はどたどたと部屋を後にした。嵐《あらし》が去ったかのように、とたんに静けさが戻ってくる。

「兄さま、すみませんでした。来て間もないのに、なんだか慌ただしくって……」

ぺこぺこと頭を下げながら、倭はその場にゆっくりと正座した。楓花と由香里は、先ほど若葉に言われたことも忘れて、昇の腕を引っ張ったり膝枕《ひざまくら》をねだったりと甘えまくっている。

「いやあ、みんな元気そうで安心したよ。ところで……」

一呼吸置いてから、昇は倭の顔を見上げた。

「……まだ会ってないのは、あと何人だっけ？」

夕映荘に住んでいるのは、倭をはじめとした九人の娘たちだ。そして咲のように、近所に住みながらも夕映荘の住人たちと交流をはかっている娘が、三人。

つまり、計十二人の娘たちが、かつて学生だった昇の周囲を取り巻いていた。同級生たちはとかく昇の置かれた環境を羨んでいたらしいが、当時、倭は「みんなのこと見てると、俺まで元気になるから」と言ってくれた昇の表情の端に、うっすらとした疲労の色が浮かんでいるのを見過ごしはしなかった。

だって……年頃の女の子が十二人である。血縁関係はないとはいえ、世界中のどんな大家族に比べても、騒がしさの点では「夕映家」はダントツだ。そんな自慢にもならない自慢は、大家である倭にとっては喜びのひとつでもあったが、同時に気苦労のタネでもあった。

「えーと、あと見てない顔は……そうだ、輝《あきら》はどうした？」

倭が改めて夕映荘のルール説明をしている最中に、ふと昇は言った。風呂場《ふろば》の「入浴中！　入るなキケン！」と書かれたプレートを持つ倭の手が、ぴたりと止まる。

「輝ちゃんは……実はいま、入院しているのです」

「えっ！　入院？」

驚愕《きょうがく》の面持ちで、昇はたじろいだ。

輝は、ほんの少し前までは夕映荘の住人だった。もともと身体が弱く、陽《ひ》に透けそうな健康的とはいえない肌をした、儚《はかな》い印象の少女だったが……突然此の道中央病院に入院が決まったのは、昇が夕映荘から退出した直後のことだった。

もっとも、昇にはいまのいままでその事実を隠していた。「余計な心配をかけたくないから」という、輝自《みずか》らの希望からである。

「で、具合はどうなんだ？　病名は？」

「それが……私たちもよく知らないのです。輝ちゃんもあまり話したがらないようですし……でも、そんなに悪くはないというふうには聞いていますが」

「そうか……心配だな」

「よろしければ、近々お見舞いにでも参りませんか？　私も、皆さんもちょくちょく行ってるんですよ。それに……兄さまがいらしたら、輝ちゃんもきっと喜びます」

「そうかな……うん、そうだな。そうしよう」

納得したように昇がうなずく。倭はやんわりとした笑顔を浮かべながら、プレートをくるりと裏返して「お風呂、空いてます！」と書かれた方を表にする。

「あのさ、この風呂って……やっぱみんな使うんだよな」

「はい、そうですが……」

昇の顔色が浮かかない様子なので、倭は不思議に思って問い直す。

「なにか問題でもございますか？」

「問題っていうか……ほら、よく女の子ってさ、お父さんがお風呂入った後は入りたくないって言うだろ？　それに、いくら兄妹みたいな関係だからって、年頃の男女が同じ風呂に……いや別に一緒に入るわけじゃないけど！」

「そうですね。夕映荘にもお風呂がふたつあればよかったのですが……でも大丈夫ですよ。昔はよく皆さん、兄さまと一緒にお風呂に入ったではありませんか」

「え！　いや！　あれは由香里ちゃんや楓花がまだ小さい頃だったし！」

しどろもどろ、といった様子で昇が弁解する。

「あら、そうですか？　でも由香里ちゃんも楓花ちゃんも、兄さまと一緒にお風呂に入ることを楽しみにしておりますのに」

「倭ちゃん……冗談キツイなあ」

俺を犯罪者にするつもりですか、などとブツブツつぶやきながら、昇は階段を下りる。

すると、一階のキッチンから騒がしい声が聞こえてきた。

「……だーかーらー、もう倭ちゃんに任せたほうがいいって！」

「えー、だってあたしも手伝いたいし、兄ちゃんに食べてもらいたいもん！」

「だいたいさー、咲って料理なんかできたっけ？　食ったことないんだけど」

「綾乃ちゃん、それは失礼だよ！　この前たまご焼き作ったじゃん！」

「……まあ、綾乃に比べれば誰だって一流シェフ並みの腕前だわね」

「なんだと美月！　おまえこそその物体はなんだ！　泥遊びじゃないんだぞ！」

「もう、みんなうるさいのよ！　口動かすより手を動かしたほうがいいんじゃないの？」

「若葉ちゃんも、後が詰まってるんだからコンロ占領しないでよぉ！」

……まるで祭りの準備中といった様相である。基本的に下宿人の食事はすべて倭が担当しているのだが、ほかでもない昇の歓迎会ということで、ずいぶん前からそれぞれがメニューの構想を練っていたのだ。

「に、賑《にぎ》やかだなあ。夕飯の準備か？　……おーい、なにか手伝うことあるかー？」

「あっ、兄さ……」

昇がちらりとキッチンを覗いた瞬間、マシンガンのような勢いで一斉に返事が返ってくる。

「キャー！　こっち来ちゃダメーっ！　あっち行っててぇーっ！」

傍《はた》から見れば、女子更衣室の覗き失敗……といった感じだろうか。それこそ犯罪者のような扱いで拒絶されている昇を見て、倭は心底不憫《ふびん》に思った。きっとみんな、腕によりをかけて自慢の料理を競い合っているのだろう。兄さま、ご愁傷様《しゅうしょうさま》です……。

「……はは、余計なお世話だったかな。なにか力になれればと思ったんだけどな」

「あ、では、商店街まで買い物に行っていただけませんか？　ちょうど切らしている野菜がいくつかあったもので」

「オッケー。商店街なんて久しぶりだな。んじゃ、ちょっと行ってくるよ」

「……にぃにぃ、ゆかりもいっしょに行きたいのぉ」

はっと下を見ると、由香里と楓花がちゃっかりと昇の服の裾《すそ》を掴《つか》んでいた。お子様のふたりは、作るよりも食べるほうがメインの担当なのだ。

「よし、じゃあお兄ちゃんと一緒にお出かけするか」

「三人とも、気をつけてくださいね。楓花ちゃん、危ないから道路に飛び出したら駄目《だめ》ですよ」

「だいじょうぶだよぉ。楓花、もうオトナだも〜ん。あに〜、アイスおごってねぇ」

「オトナは人にたからないんだぞ。ったく、おまえたち昔とぜんぜん変わってないな」

「にひひ〜。じゃあ倭ちゃん、行ってきま〜す！」

少女ふたりに引っ張られるようにして、昇たちは夕映荘を後にした。倭は玄関の靴《くつ》を軽く整理してから、腕まくりをしてキッチンへと向かう。

倭の考えた今日の献立《こんだて》は、肉じゃがと夏野菜の浅漬《あさづ》け。そして豆腐《とうふ》とみょうがの味噌汁《みそしる》だ。どれもみんなに比べれば地味なものだけど、かつて昇が何度もリクエストしてくれたメニュー。亡き母親ほどはうまく作れないだろうけど、それでも心をこめて作れば、きっと……伝わるはず。

「……私、なにを考えているのかしら」

ふと立ち止まって、ひとりごちてみる。

たぶん、自分は弱気になっているのだ。母のように立派な大家にならなければ、というプレッシャーを自らに課し、二年半やってきたものの……本当にちゃんと切り盛りできているかと問われれば、首を横に振らざるを得ない。

ほぼ同年代の娘たちと一緒に暮らすことはとても楽しいけれど、いざなにかあったとき……自分は親代わりとなって、さまざまな困難から彼女たちを守り通すことができるのだろうか?

答えはいまでも、出ないままだ。だからこそ、澱《おり》のように漂う心の不安を誰かに託したくなるのだろう。例えば、父親のような……兄のような存在の人に。

そう、きっとそれだけのこと。誰にも迷惑をかけてはいけない。ましてや、寄りかかってしまいたい……などと思っては。

いつもと同じ、堂々巡りの諦《あきら》めにも似た思い。それを悟《さと》られないように笑顔をつくりながら、倭はキッチンへと続くドアを開けた。

昇の歓迎会は、盛大だった。

買い物から戻った昇に浴びせられた、クラッカーの雨。ペーパーナプキンで作ったお手製の造花や輪飾りは学芸会みたいだと笑われたけど、倭も一時の間だけは学生気分を味わえたようで、なんだか嬉《うれ》しかった。

「なーんや！　うちが作ったゴーヤチャンプル、誰も食べへんの？」

アルバイトから帰ってきて、乾杯の音頭《おんど》に滑り込みセーフした小西小夏《こにしこなつ》が、ふてくされたように全員の顔を一瞥《いちべつ》する。

「それ、三日前に作ったやつでしょ？　さすがのあんちゃんもお腹《なか》壊しちゃうよ」

「い、いや、食べるよ。でもなあ……三日前か……」

「なに言うてんの！　三日ぐらいなんや。小春《こはる》たちが食べてくれないから、今日まで残ってもうたんやないか！」

「うぅ、これ苦《にが》いのぉ……お水飲みたいよぉ」

「由香里ちゃん、食べちゃダメよ！　小夏、水持ってきて！」

「だから、大丈夫言うてるやんか！　由香里ちゃん、苦いのは身体にええんやでー？」

「うぅ……」

みるみる青ざめていく由香里に、慌てて水を差し出したのは小西小春。エセ大阪弁を操る小夏の双子《ふたご》の姉である。お調子者でハイテンションな片割れが、なぜこんなにおっとりとして引っ込み思案な性格なのかという謎《なぞ》は、夕映荘の七不思議のひとつでもあった。

「しかし、小春はあんまり変わってないけど……小夏は一瞬誰かわからなかったな。昔はあんなに髪が長かったのに、ずいぶんバッサリといったもんだ」

　おそるおそるゴーヤチャンプルに箸《はし》を伸ばしながら、昇は言った。

「髪型やない！　アニキ、照れんでもええやないの。ホントはうちがベッピンさんになったから、わからへんかったんやろ？　な？」

「あ、ああ……そ、そうだな。ところで、この春巻きは誰が作ったんだ？」

「話を逸《そ》らしよったな！」

「はーいはーい！　私よ兄さん！　若葉が作ったのー！」

「にぃにぃ、ゆかりが食べさせてあげるのーっ。ごほうしするのーっ」

「ちょっと由香里ちゃん！　ああっ、私が作ったのに！」

　つたない手つきで由香里が春巻きをつまみ、昇の口元へと運ぶ。この度重なる「ごほうし」合戦に、胃のあたりを撫《な》でている昇の顔色がだんだん青くなっていくのが、少し離れた席の倭からも確認できた。

「お兄サン、実習は明日から始まるんでしょ？　教科はなにを受け持つの？」

　コロッケの残りひとつを綾乃と奪い合いしながら、美月は言った。

「おいおい、仲良く半分こすればいいのに……えーと、教科は音楽だよ」

「えっ⁉　音楽やって！　そりゃまたアニキに似合わへんなあー」

大仰《おおぎょう》なリアクションで、小夏は揶揄《やゆ》する。

「似合わないって……そんなことないだろー」

「ごめん兄ちゃん、あたしも驚いた」

「なに、咲まで！」

「……あの、私も……」

「小春もかい！」

次々に挙手され、昇はがっくりと肩を落とす。

「違うの、別にあんちゃんが音楽を教えるのが変とかじゃなくてね……あの、私の持つあんちゃんのイメージが違うっていうか、似合わないっていうか……」

「あかんあかん。小春、それぜんぜんフォローになっとらんで」

「あ、そっか……」

「……もういい、キミたちの気持ちはよくわかった」

わざと昇がふてくされた顔をすると、小春は捨て犬のようにしょんぼりとした表情になった。

「兄さま、あまり小春ちゃんをいじめないでくださいね」

たしなめるようにして倭がそう言うと、昇もまたバツが悪そうにつぶやく。

「だってさ、音楽教師なんて、まさに俺のためにあるような職業で……」

「……ええ、お似合いよ。にいや……」

「うわあああっ！」

突然背後から現れた物体に、昇は椅子《いす》ごとひっくり返りそうになった。

その白いワンピース姿の地縛《じばく》……いや、髪の長い少女は、仰《の》け反《ぞ》っている昇を無表情に見下ろしている。

「わああっ、なんだなんだ！」

「あー、乙女《おとめ》ちゃん、やっと現れた！　もう、ぜんぜん連絡取れないんだもん」

咲はさほど驚きもせず、やれやれといった様子で言った。

「えっ、おまえ、乙女か！」

「ご機嫌いかがかしら、にいや……」

そこにいたのは、土堂《つちどう》乙女——倭や咲の幼なじみだが、とにかく謎の多い少女だった。

年齢的には学生でもおかしくないのに、昔から学校に通っている様子は特になく、こうやって神出鬼没に現れてはみんなを驚かせる。

「乙女ちゃん、今日は来ないのかと思っていましたわ。間に合ってよかったです」

新種の動物並みに出会うのが困難な「隠しキャラ」的存在だったが、夕映荘の人間たちとはそれなりに気が合うのだからおかしなものだ、と常日頃から倭は思うのだった。

「……にいやのためだもの。たとえオイルショックになったとしても駆けつけるわ……」

「はは、そいつは嬉しいな……ははは」

「よぉーし、じゃあメンツも揃ったところで……っと、まだ何人か足らんな。まあええわ！　ほな、もう一回カンパイといきまっかー！」

「そうね。今夜は飲むわよ！　ビール持ってきて！」

「わ、若葉ちゃん！　ビールはいけませんわ！」

「確かにビールはよくないわね。倭さん、日本酒ある？」

「おーい、おまえたち、俺が教師だってこと忘れたわけじゃないだろーな！」

その瞬間、教師じゃなくてただの実習生でしょ！とのツッコミがあらゆる方面から飛び交った。昇はなにも言い返せなくて、もごもごと口ごもりながらコーラを一気にあおる。

「はいはーい、それでは皆さんグラスを持って！　アニキ、乾杯の音頭よろしく！」

小夏の声に合わせて、全員がグラスを掲《かか》げた。そして昇に注目する。

「え、俺が言うの？　……えーと、その、では、みんなとの再会を祝して……」

「かんぱーいっ！」

ちょっぴりフライング気味に小夏がそう叫ぶと、グラスのぶつかる音が盛大に響いた。同時に、コーラの泡《あわ》がはじけてテーブルにきらきらと飛び散っていく。

——喧噪《けんそう》の中で、倭はひとり、この場にいないふたりの少女の顔を思い出していた。

おそらく、いまごろは病室で就寝しているであろう、輝ちゃん。

そして昔はあんなに仲が良かったのに……いまではすっかり心を閉ざしてしまった、かんなちゃん。

ふたりとも、兄さまにどれだけ会いたかったことだろう。本当は十二人揃って歓迎会をしたかったけど……いいえ、いつかきっと、昔のようにみんな揃って笑える日が来ると、私は信じています。

「……倭ちゃん、ぼーっとしてるけど大丈夫？」

大人しい倭を心配してか、昇が話しかけてきた。倭は慌ててうなずいた後、コーラのボトルを持って昇のグラスにお酌《しゃく》をする。

「おっ、ありがと。やっぱり倭ちゃんは気が利《き》くなぁ」

「あの、兄さま」

「ん？」

ボトルを傾けた倭の手が、わずかに止まる。

昇の、何気ない動作。自分だけに向けられた、その視線……ただそれだけのことに、なぜか胸が苦しくなる。

酒の匂《にお》いに酔ったのか、宴《うたげ》の雰囲気に酔ったのか。

いや、これはたぶんあの日見た夢……玄関のガラス戸を開け、昇が夕映荘に帰ってきたときに交わされた……何度も夢想した、昇の視線そのものだったから。

「おかえりなさいませ、兄さま」

倭はにっこりと微笑んで、改めてそう口にした。

いつも言いたくて、でも言えなかった言葉。

これは夢ではない……だから、これから何度でも「おかえりなさい」と兄さまに言おう。

倭はそう強く思うのだった。


――翌朝。

キッチンで朝食の用意をしていた倭は、二階から奇妙な悲鳴が聞こえてくるのに気づいた。

「ひああああああっ！」

ちょっとした奇声や口論などは耳にタコができるくらい聞き慣れている倭だったが、これはいままでにないタイプの悲鳴である。

「倭ちゃん、いまのなんだろ」

「さあ……小夏ちゃんにしては、ちょっと野太い声でしたわね」

夕映荘の住人でないのに、なぜか毎日朝食を食べにくる咲が（倭ちゃんの料理は世界一！というのが理由らしい）、不審そうな顔で天井を見上げている。

「あ……もしかして」

　咲は思い立ったように、すっくと立ち上がってその場から飛び出した。倭もその後を追うようにして、二階へと階段を駆け上る。

「咲ちゃん待ってください。どうかしたんですか？」

「兄ちゃん、きっと怖《こわ》い夢でも見てるんだよ。まったく、いつまでも子供みたいなんだから！」

　使命感に燃えているのか、ばたばたと咲が走るので、倭もつられて小走りになる。「廊下を走らないこと！」と倭自ら書いた貼《は》り紙《がみ》の掟《おきて》も、ひとまずは見ないことにした。

「兄ちゃ……きゃあああぁぁぁっ！」

　昇の部屋の前に立ち……ドアを開けるやいなや、咲は断末魔《だんまつま》のような悲鳴をあげた。

「いったいどうしたんです……あああっ！」

咲に続いて部屋の様子を見た倭も、あまりの衝撃でその場にへなへなと座り込んでしまった。

昇の部屋の中……厳密には、昇が寝ていたと思われる布団《ふとん》に、由香里と楓花がふたり仲良く丸まっていたからである。

「に、兄ちゃん……」

「あ、咲！　違う、これは誤解だ！　朝起きたら、ふたりがここに……」

「兄ちゃんの、スケベーーーーっ！」

……ばりばりばりばりっ！

倭が手を出すよりも先に、咲の怒りの鉄拳《てっけん》……いや、鉄爪が火を噴いた。

「いってえええっ！　ご、誤解だって言ってるのに！」

頬を押さえながら、昇は畳の上でのたうち回った。その騒ぎで目が覚めたのか、布団で寝ていたふたりが同時に目を覚ます。

「ふにふに……。あ～、咲ちゃんおはよ～」

「にゅにゅにゅ……お腹すいたぁ、しずかちゃん……あれ、にぃにぃどうしたの？　怖い夢でも見ちゃったの？」

……強《し》いて昇の不運を挙《あ》げるとするならば……前日に酒が入りすぎて、由香里と楓花が布団に忍び込んできたことに気づかなかったことと、楓花の寝相が悪すぎて、パジャマがはだけまくっていたこと。それが図らずも、咲の目にセクシーポーズとして映ってしまったことだろうか。

「兄ちゃん、ごめんねー。悪気はなかったんだよ。だってさー、あんな状況見たら誰だって誤解するに決まってるじゃん」

咲は平謝りしながら、献上品として焼きたてのたまご焼きを昇へと差し出した。しかし昇はひたすらご飯をかきこむだけで、一切そちらを見ようとはしない。

「兄さま、咲ちゃんも謝っていることですし……私からも、今日は特別にしょうが焼きをサービスしますから……」

「咲はともかく、倭ちゃんまで俺を疑うなんてなあ……」

至極残念そうに、昇はうつむいた。倭はなにも言えず、昇の皿にさりげなくしょうが焼きをのせてみる。

「もう、こんなに謝ってるのに！　やっぱりたまご焼きあげない！」

「ずるいぞ！　一度出したものを引っ込めるなよ」

「はは……あのさー、ふたりとも。そんなに食べたいなら私のぶんやるよ……」

隣の席でおとなしく朝食を摂《と》っていた綾乃が、見るに見かねて咲の皿にたまご焼きをのせる。

「えー、綾乃ちゃん、いらないの？」

「ダイエット中だよ。横じゃなくて、これ以上縦《たて》に伸びたら困るし。美月の野郎《やろう》にトーテムポール呼ばわりされるのも、いい加減アタマにくるからさ」

「なんで？　モデルみたいでカッコイイじゃないか」

しょうが焼きを口にほおばりながら、昇は言う。

「はあ……まったくおにいは、女心をなにもわかってないんだからな。んじゃ、部活あるから先に行くよ。ごちそーさま！」

「あ、綾乃ちゃん！　くれぐれも車には気をつけてくださいね！」

倭がそう言うと、綾乃は白い歯を見せて微笑み、軽やかにリビングから出て行った。

「ええと、あとは……小夏ちゃんはお風呂で、小春ちゃんは洗面所ですわね。乙女ちゃんはいつも通り不定期出現として……美月ちゃんはもう学園に行かれましたし……あら？　若葉ちゃん、まだ寝ているのでしょうか？」

珍しいこともあるものだ、と倭は思う。若葉は学校が少しばかり遠いことから、いつもみんなより早めに起きるのに……。

「ホントだ。若葉ちゃん、どうしたんだろ。昨日お酒飲んでたからかな」

「ええっ！　それ、マジかよっ！」

「じょーだんに決まってるでしょ！　あたし、ちょっと起こして……」

「……ひゃあああああぁぁぁあっ！」

そのとき、夕映荘全体を揺るがすような悲鳴が轟《とどろ》いた。

「わあ、今度はなに？」

二度目となると慣れたもので、咲はのんきに味噌汁をすすりながら天井をちらりと見た。

「なんでしょう……わ、私、ちょっと見て参りますわ！」

「えっ、じゃあ俺も」

倭と昇が立ち上がった瞬間……どたどたと階段を転げ落ちるような音が聞こえてきた後、髪を振り乱した若葉がものすごい形相でリビングに現れた。

「若葉ちゃん！　どうされたのですか？」

「あ、若葉ちゃんおはよー」

「それどころじゃないわ！　楓花はどこっ⁉」

「楓花？　……えーと、どこ行ったっけ」

「……なに～？　呼んだ～？」

その声で振り返ると、パジャマ姿のままの楓花が、目をこすりながらちょうど階段を下りてきたところだった。

「あら楓花ちゃん、もしかして二度寝ですか？」

「うーん。だって気持ちいいんだもーん。由香里ちゃんはまだ寝てるよー」

「そんなのんきなこと言ってる場合じゃないわよ！　楓花、あなたまた人の下着持ってったわね！」

「……へ？」

若葉のセリフに、場内が一瞬フリーズする。どうやら昇はたまご焼きを固まりのまま飲み込んでしまったらしく、げほげほと苦しそうに咳き込んでいた。

「隠したってダメよ！　前にも私のピンクのブラを持ってったじゃない！　今度はストライプのブラとパンティがセットで消えたんだからね！」

「……え～、楓花知らないよぉ。だって若葉ちゃんのブラ、ちっちゃいも～ん」

「ぬぬぬ……違うわよ！　楓花がデカすぎるのよ！」

「まあまあ……あの、ふたりとも落ち着いて、な」

涙目になりながら、昇はふたりの間に入ってなんとかその場を収めようと試みた。

「や、やだ……兄さんいたの？」

「ずっといたっつーの！」

「ねえ、若葉ちゃん落ち着いて……もう一度捜してみましょうよ。私もお手伝いいたしますから」

倭は慌てふためきながら、近くにあった座布団をやみくもにめくってみたりする。しかし当然ながら、そんな場所にブラなど落ちてはいなかった。

「……やだ、なんか私、頭に血が上っちゃったみたい。楓花じゃなかったのね……ごめん」

さっきまでの勢いはどこへやら、若葉は力なく頭を垂《た》れた。

「え～、いいよぉ。若葉ちゃんかわいそうだもん。あのさ～、楓花のブラ貸してあげよっか？　スースーするっしょ？」

「……他にもたくさん持ってるから結構よ。ていうか、楓花のじゃサイズ合わないし！」

「ねえ……まさか、最近出没してるって噂《うわさ》の、下着泥棒のしわざじゃないよね？」

「……えっ？」

咲の思いがけない発言に、倭はさーっと血の気が引いていくのを感じた。

下着泥棒……そんな事件は初耳だったし、想像すらしなかった。

「まさか……だって、ここらへんは治安もいいですし……」

「倭ちゃん、もはやいまの日本に、治安のいい場所なんてないよ？　夕映荘って女のコばっかりだし、狙《ねら》われても不思議はないんじゃないかなあ」

「そ、そんな……」

その瞬間、倭の脳裏に三面記事のキャッチコピーが去来する。

『住宅街に忍び寄る、歪《ゆが》んだ欲望！』

『真昼の怪！　女子寮《じょしりょう》に潜む黒い手』

『魔のランジェリーコレクター、犯人は近所に住む教育実習生』


「ああ……兄さま……」

「倭ちゃん！　心配しなくていいよ、いざとなったら俺が泥棒なんか、ぶん殴ってやる」

そうではないんです……私いま、とても失礼なことを想像してしまいました……などとは口にできず、倭は崩れ落ちるようにして椅子にすがりついた。

「とりあえず、被害届とか出したほうがいいのかな？」

「やだ兄さん！　下着盗まれたなんて、恥ずかしくて言えないわよ」

「そうは言われてもなぁ」

「はっ！　ま、まさか……」

不安げだった若葉の様子が一変し、たちまち目に猜疑《さいぎ》の色が浮かび上がる。その視線は、ゆっくりと昇のほうへと移動していった。

「兄さん……まさか……私の下着を……」

「おいおいおいおい！　ちょ、ちょっと待て！　お、俺が疑われてんのかよ！」

「欲しいなら欲しいって、言ってくれればよかったのに……」

「ちーがーうー！　倭ちゃん、なんとか言ってくれよ！」

「あ、あの……兄さまじゃありませんわ！　そんなことするはずは……たぶん」

「おーい、助けてくれー！」

責め寄る若葉と、うろたえる倭との間で昇は宙に手を伸ばした。咲はため息をつきながら肩をすくめ、楓花は楓花でにこにこしながら目の前の修羅場《しゅらば》を見物している。

「……なんや騒がしいなー」

ぱたぱた、と廊下を素足で走る音。やがて、バタンとリビングのドアが開き……びしょびしょに濡《ぬ》れた頭をぶるぶると振りながら、小夏が入ってきた。

「みんな揃って、なにしとるん？　はよしないと、遅刻するでー」

「ねえ、小夏ちゃんも聞いてよ！　実は……あああああっ！」

……悲鳴をあげたのは、その場にいた五人同時だった。

小夏が……一糸まとわぬ、生まれたままの姿で……要はすっぽんぽんの状態で、仁王立《におうだ》ちしていたからである。

「こ、こな、こななな……」

「なんや、鳩《はと》が豆鉄砲《まめでっぽう》喰らったような顔してどないしたん？　あ、そだそだ」

昇がついつい凝視している様子にも気づかず、小夏は近くにあったソファーに腰かけながら、続けた。……それも優雅に脚《あし》など組みながら。

「あんなぁ……うちの下着、どこにいったか知らへん？」

こうなったら、手段を選んでいる場合ではない。

倭は全員を学園へと送り出してから、さっそくひとり作戦会議を開始した。まずは装備品などのピックアップ。武器になりそうな物干《ものほ》し竿《ざお》やバールなどの類《たぐい》はホームセンターで買えばいいとしても……やっぱり、スタンガンや催涙《さいるい》スプレーは常備したほうがいいのかもしれない。それに、犯行は夜に行われるだろうから、やはり暗視スコープはマストである。……あっ、念には念を入れて、エアガンも所持したほうがいいのかしら？　でもどこに売っているの？　武器屋さん？

サバイバルゲームでも始めるのかというような「お買い物チェック表」を握り締め、次なる手段を講じることにした。顔見知りのお巡りさんに見回りを強化してもらうよう頼んだはいいが……やはり、最終的には自警しかないのである。頼れる者は、自分ひとりだけだ。

そう。いつだって、私はひとりでやってきたのだわ。

女の管理人だからって、甘く見ないでほしい。こんな私でも、絶対にみんなを守り抜いてみせる。

倭の立てた作戦はとても現実的で、話だけ聞く限りでは非常に効果のありそうな内容ではあった。しかし……詰めが甘いというか、穴だらけであるのも、また事実なのである。

下着泥棒疑惑が上ってから、はや三日目が経過した。

同時に……倭の不眠記録も、七十時間を超えようとしていたのである。

「……えっ、下着泥棒？」

清潔さを保つ真っ白な部屋に、不穏な響きを持つ単語が響いた。

ベッドに横たわる少女……三嶋《みしま》輝は、いけない言葉を口にしてしまったかのように、即座に口元を手で押さえた。

「乙女ちゃん、そんなこと言ったら輝ちゃんに心配をかけてしまうではありませんか」

「あら……そうだったわね。でも、まだそうと決まったわけじゃないんだし……」

「大丈夫よ倭ちゃん……私のことなら気にしないで。ね？」

少し怯《おび》えたような表情をしながらも、輝はなんとか倭に微笑んでみせた。

ここは、此の道中央病院――輝が入院している病院である。

倭は最低でも週に一度は、こうやって輝を見舞いに来ることにしていた。どうやら乙女はもっと頻繁《ひんぱん》に訪れているらしく、部屋にはたくさんの花が――おそらく、小夏がバイトしている花屋で購入したのだろう――そこかしこに活《い》けられている。

「あの、その……下着がなくなっちゃったのは、若葉ちゃんと小夏ちゃんだけなの？」

「ええ……いまのところは」

「そうなんだ……私が元気だったら、もっと倭ちゃんの力になれるのにな」

消え入りそうな笑顔で、輝は力なくつぶやく。

パジャマの襟《えり》から覗く、浮き出た鎖骨《さこつ》が痛々しかった。昔に比べれば、ずいぶん痩《や》せてしまったように見えるが……食べ物の差し入れに関して病院側からあまりうるさく言われない現状を考えれば、少しは楽観視してもいいのかもしれないと倭は思う。もちろん、素人《しろうと》考えであることはじゅうぶんにわかっているのだが。

「ところで倭ちゃん、なんだか目の下のクマがすごいけど……大丈夫？」

「えっ」

とっさに、倭は自分の目もとに手をやる。今朝鏡でチェックしてきたつもりだったが、そんなにすごいのだろうか？

「……本当……倭ちゃんったら、輝ちゃんよりも病人に見えるわよ……」

不謹慎《ふきんしん》なことを乙女は言う。輝もその通りだというように、何度もうなずいた。

……言えませんわ。

これ以上、輝ちゃんに心配をかけることなどできません。下着泥棒捕獲《ほかく》のために、毎日寝ずの番をしているだなんて……そんなことは。

「そんな話より……今日は、小春ちゃんのバイトしているお店でケーキを買ってきたのですよ」

倭が小さなケーキ箱を持ち上げると、輝の表情がぱあっと明るくなった。

「わぁっ、『カモン』のケーキ……ありがとう、倭ちゃん」

『カモン』とは、小春のバイト先のケーキ屋の名前だ。特に決まりはないのだが、輝のお見舞いにはここのケーキを持参するという暗黙の了解が、夕映荘にはあった。

「倭ちゃん……もちろん私のぶんもあるんでしょうね……」

のっそりとした口調で、乙女がつぶやく。すでに手元には人数分の皿が用意されていた。

「もちろんですよ。ちゃんと五つ買ってきましたから」

「……五つ？　だって、ここ三人しかいないよ？」

「ひとつは私、ひとつは乙女ちゃん。そしてふたつは輝ちゃんに」

「あとひとつは？」

「……ふふふ、誰でしょう？」

わざともったいぶりながら、倭は微笑む。

「ええっ、誰かな。んと……むむ……」

「正解は、お兄ちゃんでーすっ」

その声を耳にした瞬間……輝はベッドから身を乗り出すようにして、ドアのほうを見つめた。

「お、お兄ちゃん……！」

ドアからひょっこりと顔を覗かせたのは昇だった。

仕事帰りに病院に寄ってもらうよう、倭があらかじめ頼んでいたのである。

「ナイスタイミングでしたわね、兄さま」

「はは……輝が当ててくれるまで待とうと思ったんだけど、その様子だと一生出番がなさそうだったからさ」

「ひどーい。真っ先にお兄ちゃんの顔が浮かんだのに」

わずかに頬を膨らませながら、輝は言った。だが倭の目には、輝の顔がみるみる明るくなっていくのがよくわかった。

「久しぶりだな、輝」

「うん。お兄ちゃん……お見舞いに来てくれて、ありがとう」

輝は、いまにも泣きださんばかりの表情で笑った。

輝が入院してから、約二年……本当は、誰よりも昇に支えてもらいたかったに違いないと倭は思う。だけど、それをしなかったのは輝の強さだ。心配をかけてはいけないと、人の気持ちをいちばんに考えた、輝らしい優《やさ》しさ……。

もしも私が同じ立場だったら……輝のように、自分に厳しくいられるだろうか。

いや……きっと手を伸ばしてしまう。母が病院に運ばれた、あの日のように。

「お見舞いに来るのが遅くなってごめんな。もうすぐ文化祭が始まるから、なにかと雑用に駆り出されちゃってさ」

「そっか……もうそんな季節なんだね」

遠い目をしながら、輝はうなずいた。本当なら、咲や綾乃や美月たちと同じように学園の行事を楽しんでいてもおかしくない年なのに……どうして病《やまい》というものは、不条理に舞い降りるのだろう。

「咲ちゃんのクラスはどんな出し物をやるの？」

「あー、まだ決まってないみたいだな。お化《ば》け屋敷《やしき》をやろうかなんて話になってるみたいだけど」

「お化け屋敷……」

輝は険しい顔つきになってうつむいた。仮に文化祭に行けたとしても、お化け屋敷に入れるかどうかまでは自信がないのだろうと倭は思った。

「でも、綾乃ちゃんはヤキソバ屋さんをやるんですよね？　あと由香里ちゃんは、なんでしたっけ」

「イメクラ、じゃなかったかしら……」

「ぶっ!!」

乙女の問題発言に、昇は前のめった。

「違う違うっ！　コスプレ喫茶《きっさ》だよ！」

「ああ……そうそう、それよ……猫耳《ねこみみ》と尻尾《しっぽ》つけて、ウェートレスやるのよね……」

「ふうん、そうなんだ。由香里ちゃんに似合いそうだね」

輝はわかったようなわからないような顔をしながら、曖昧《あいまい》な笑顔で返す。

「ま、とにかく、輝も文化祭までに元気になって、お兄ちゃんと一緒に見て回ろうな」

「本当……？　一緒に行ってくれるの？」

「当たり前じゃないか。だから病気なんかに負けちゃダメだぞ」

「うん！　私、がんばるよ……」

昇に頭を撫でられながら、輝はうるんだ瞳《ひとみ》で見つめ返した。

別段悲観的になっているわけでもないのに、倭もつい目頭が熱くなる。それをごまかすようにして、ケーキの箱を持ちながら立ち上がった。

「じゃあ、そろそろケーキでも食べましょうか。いまお茶を淹《い》れてきますね」

「おっ、ケーキがあるのか」

「ええ、小春ちゃんのバイト先のケーキ屋さんで……」

——あら？

立ち上がった瞬間、なぜか世界がぐるりと一周したような感覚に襲われた。

それと同時に、青いとばりのようなものが天井から落ちてくる……。

「あらら……」

「し、倭ちゃん⁉」

ふわっと身体が一瞬宙に浮いたかと思うと、倭はそのままリノリウムの床に突っ伏していた。

「倭ちゃん！　倭ちゃん！」

ごつん、と頭がどこかにぶつかったような気もしたが、それ以上に心地よさのほうが先立ち……昇の声を聞いたのを最後に、真っ白な世界へと引き込まれていった。

ああ、なんだかいい気持ち……天国ってこんな感じなのかしら？

お母さん……。

——お母さん！

消毒液《しょうどくえき》の匂い。リノリウムの廊下を走る大人たちの足音。

そして、担架《たんか》で運ばれる、青ざめた母親の顔……。

まだあどけない表情をした倭が、スカートの裾を握り締めながら立っている。目の前のドアには『救急医療室』の文字。手術中を示す赤いランプが、倭の瞳を煌々《こうこう》と照らしていた。

そこは、天国などではなかった。ただただ恐ろしくて、心細くて……自分がどこの世界とも繋がっていないような気がしていた。誰か助けて。そう口に出したかったけれど、声にした瞬間に現実を現実として認めなくてはならなくなる。

赤いランプが、ふいに消えた。

それから先のことは、よく覚えていない。誰かに導かれて病室に入り……母の亡骸《なきがら》と対面したのだと思う。しだいに冷えていく母の手をあたためようと自分の手を重ねてみたけれど、二度と温度が戻ることはなかったのだ。

お母さん。お母さん。お母さん……。

名前を呼び続けることしかできない、無力な子供。だけどそんな倭をあたためてくれたのは……ふいに肩に置かれた、あの人の手だったのだ。

「……倭ちゃん」

うっすらと世界が蘇《よみがえ》る。倭のぼやけた視界に入ったのは……昇の顔だった。

「兄さま……」

見慣れた風景が広がっていた。色あせた畳と、母からもらった鏡台が目に入る。いつの間にか、自分の部屋に帰っていたらしい。

「あら、私……どうやってここまで戻ってきたのでしょう」

なぜ自分が布団の中にいるのか、うまく理由が飲み込めなかった。確か、輝を見舞いに行っていたような気がするのだが。

「輝の病室で、急に倒れたんだよ。覚えてないの？」

「あ、そう言われてみれば、そんなような気も……」

「睡眠《すいみん》不足だって」

「えっ？」

かなり間の抜けた声で、倭は聞き直す。睡眠不足って……そんな理由で自分は倒れたのか。あまりにも馬鹿馬鹿《ばかばか》しくて、涙が出そうになった。

「それと、ストレス性胃炎になりかけてたらしいよ。……倭ちゃん、いったいどうしたんだ？　眠れないほどの悩みでもあったのか？」

真摯《しんし》なまなざしで、昇は身を乗り出した。

「ええと……いえ、特には……」

やっぱり、言えない。

ベランダで寝ずの番をしていただなんて……きっと笑われるどころか、呆《あき》れられてしまうだろう。そう思ったから、倭は固く口を閉ざした。

「本当に、なんでもないんです」

「嘘《うそ》だ」

言葉を遮るようにして、昇は言い放つ。

あまりの迫力に、思わず倭は身を起こす。寝間着用の浴衣《ゆかた》の襟を正しながら、おそるおそる昇の顔を見上げた。

「倭ちゃん……ひとりでずっと気を張っていたんだろ。前から言ってたもんな。……お母さんのように、立派な大家になりたいって」

「それは……」

心を見透かされたようで、倭は再び押し黙った。自分が情けないと思った。こんなふうに、周りの人に気を遣《つか》わせてしまうくらい、私は悲愴な雰囲気を滲《にじ》ませていたのだろうか？

「ひとりで背負いこまずに、夕映荘のみんなや……俺に相談してくれてもよかったのに。倭ちゃんの背負っている荷物を、少しでも軽くできるくらいの力は俺にもあると思うよ」

昇の気持ちは痛いほどよくわかった。だが、倭はうつむいたままだ。

わかっている。誰かに相談すれば、心が軽くなることぐらいはよくわかっている。

だけど……。

「兄さま、すみません……まだ少し頭がぼんやりしているようなので、お先に休ませていただきますね」

「倭ちゃん……」

ぺこり、と会釈《えしゃく》をした後、倭は布団に潜り込んで昇に背を向けた。

昇はしばらくその場に座っていたが、やがて諦めたようにゆっくりと立ち上がり、部屋を後にした。

……私は、どうしてこうなのだろう。

倭は次々と溢《あふ》れてくる涙を枕で拭った。倭が泣いたのは、母親が死んだあの日以来のことだった。


「もう！　若葉ちゃんは人騒がせなんだから！」

……咲の怒号が夕映荘に響いたのは、倭が倒れた二日後のこと。

「悪かったわよ……だから何度も謝ってるじゃない」

若葉は納豆をねばねばと箸で練りながら、しゅんとした面持ちで言う。

誰かと誰かが言い争うのは、もはや夕映荘の一部と化したおなじみの光景である。しかし咲と若葉が対立するのは珍しいことなので、倭は味噌汁をかき回す手をいったん止めて、咲たちのほうを振り返った。

「おふたりとも、どうしたんです？」

するとと若葉は、言いにくそうにもごもごと言いよどんだ。

「あの……えっと……」

「倭ちゃん寝てていいってばぁ。ゆかりがご飯作るから～」

ぴょんぴょんと小さくジャンプしながら、由香里は倭からお玉を奪おうとする。

倭が倒れてからというもの、いままで以上にみんなが気を遣って家事を手伝ってくれるようになった。大家である倭としては申し訳ない限りだったのだが、まだ体力が本調子ではないのでどうしても甘えてしまうことになる。

「倭ちゃん聞いてよ！　若葉ちゃんったら、あれだけ下着がなくなって騒いでたのに、実は洗濯機《せんたくき》の裏に落ちてたなんて言うんだよ！」

「……え……」

倭が落としかけたお玉を、由香里が慌ててキャッチする。

「あれは……下着泥棒じゃなかったのですか？　で、でも、小夏ちゃんの下着も」

「あー、そだそだ。あれなぁ、実はお風呂に入るとき、つい着替えを持参するのを忘れてなあ。部屋に戻ったらあったんよ。たぶん寝ぼけてたんやな」

「小夏！　あなたって人は……！」

のんびりとお茶を飲んでいた小夏の頭を、小春がぴしゃりとはたく。普段の大人しい小春からは考えられない行動に、しばし場が固まった。

「倭さん、ごめんなさい……さっき気づいたんだけど、なかなか言い出せなくて」

若葉が心底すまなそうに、ぺこりと倭に頭を下げた。

「いえいえ、私に謝ることはありませんよ。理由がわかって本当によかったではありませんか」

少々拍子抜けしたが、よかったと思うのは本当だった。これでもう、目に見えぬ第三者に対して気を揉《も》む必要はなくなったのだ。

「……なーんだ。せっかく交代で見張ってたのになあ。張り合いなくなっちゃったな」

風呂から上がった綾乃が、タオルでがしがしと頭を拭きながら言う。

「……え？　見張りって？」

倭ははっと顔を上げて、綾乃のもとへと走り寄る。

「えー、泥棒が来ないように各自の部屋のベランダから見張ってたんだよ。三時間置きにローテーションで……って言っても、途中で寝ちゃったヤツは何人かいるみたいだけどな」

ぎろり、と綾乃が周囲を一瞥すると、その場にいた小夏と楓花がこそこそと視線を逸らした。

「そんな……危ないではありませんか。もし泥棒と遭遇したら」

「それを言ったら、倭ちゃんも同じだろ？」

綾乃は腕を組みながら、まっすぐに倭の目を見て言う。

「私がちょうど番をしてたとき、倭ちゃんがベランダにいるのが見えたんだ。声をかけようかと思ったんだけど……ほら、倭ちゃんガンコだからさ。一度決めたことは絶対にやり通しちゃうだろ？　でも……倒れる前に声かけとけばよかったよ。ホントにごめんな」

綾乃が深々と頭を下げるのを見て、倭はぶんぶんと首を振る。

謝るのは自分のほうだ。誰にも相談せずに、ひとりで勝手に無茶なことをして……挙げ句の果てにはみんなに迷惑をかけてしまった。

自分すら管理できなくて、どうしてこの夕映荘を管理できるというのだろう？

「ごめんなさい……私……」

そう言いかけたとき、小夏がひょいっと口を出す。

「だからー、最初っからアニキに頼んだらよかったやん！　うちみたいにか弱い女子が襲われたら、アニキやって責任問題やで？　でもなー、アニキは腕っ節弱そうやなあ……」

「あんちゃんはまだ実習始めたばっかりで疲れてるんだから。それに小夏はか弱くないでしょ？」

小春が声を荒らげて小夏を諭《さと》した。その間に入り込むようにして、咲が言う。

「ふたりとも落ち着こうよー。今度からはさ、全員で相談していい方法を考えていこうよ。ね？」

「そうそう。ひとりで悩まないでさ。でしょ？　倭ちゃん」

そう言って、綾乃はキラリと白い歯を見せた。

「ええ……その通りですね……」

倭は涙が溢れそうになるのをこらえながら、何度もうなずいた。

――ずいぶん長いこと、自分は勘違いを犯していたような気がする。

ずっと、ひとりぼっちだと思っていた。母親が死んだあの日から。

だけど……そうじゃなかったのですね。私はみんなに守られて、それで今日までやってこられたのですね。

お母さん。こんな倭を、どうぞ天国で笑ってやってくださいね……。


――倭はその夜、昇の部屋の前に立っていた。

ドクドクと、心臓が早鐘《はやがね》を打っている。いったいどんな顔をして会えばいいのか皆目《かいもく》見当もつかなかったが、それでもこのドアをノックしないわけにはいかなかった。

兄さまに、謝らなければ。

倭が倒れたあの日……わざわざ心配して見舞ってくれたというのに、自分ときたら拒絶にもなりかねないような態度を取ってしまった。

意を決して、小さくドアを叩く。

「兄さま……倭です」

そう告《つ》げると、しばらくしてからどたどたという足音と共にドアが開かれた。頭はぼさぼさで、眠そうな目をしている。

「倭ちゃん……どうしたんだ？」

「すみません、眠っていらしたのですね。出直して参ります……」

「いや、ちょっとウトウトしてただけだから大丈夫だよ。……とりあえず、入って」

倭は逡巡したが、その言葉に甘えて昇の部屋へと歩を進めた。

床に敷かれた布団の周りには、学園で使っていると思われる教本が散らばっていた。まだ実習が始まって日も浅いので、教師といえども予習が必要なのかもしれない……倭は漠然とそんなことを思った。

「本当にすみません、こんな夜更《よふ》けに……」

「気にしないでいいよ。俺も気分転換したかったところだし。ところで、倭ちゃんこそどうしたんだ？」

座布団を勧められ、倭は一礼してからその上に正座する。

「あの……この前のこと、謝りたかったのです。せっかく兄さまが私の部屋まで来てくださったのに……とても失礼な態度を取ってしまって」

そう言うと、倭は再びぺこりと頭を下げた。

「ああ……いやいや、別に失礼なことじゃないよ。倭ちゃんも疲れてたんだろうしさ。

「……ただ、俺ってそんなに頼りないのかってヘコんでみたりして」

倭の表情がすーっと青ざめる。すると昇は大きく手を振って否定した。

「ごめん！　冗談だよ冗談！　いまのナシ！」

「違うのです……兄さまが頼りないわけではありません。私は……誰の力も借りずにすむくらい、立派な大家になりたかったのです。……お母さんのように」

倭はじっと、畳を見つめた。

「だけど、私はまだ、自分ひとりですべての問題を片づけられるほど完璧《かんぺき》な人間ではありません。理想を描くだけで、どれだけ自分が未熟なのか、わかろうともしなかったのです……」

いま思えば、母は泣き言ひとつ漏らしたことのない人だった。常に明るく元気に振る舞って、弱さの片鱗《へんりん》も見せようとはしなかった。

母のような強さが欲しかった。それだけが願いだったのに――。

「……うーん、俺は倭ちゃんはじゅうぶんすぎるほどよくやってると思うけどな。それに、倭ちゃんのお母さんも立派な人だったけど、決して誰の世話にもならずに大家をやってたわけじゃないと思う」

昇は正座の状態から脚を崩し、顔を上げた。

「勝手なこと言ってごめんな。でも、どんなに強い人でもひとりで生きていくのは無理だよ。もしかしたらお母さんは、倭ちゃんにだけは気苦労を見せないようにしていたのかもしれないし……」

……そうだった。自分は強くなりたいと願うのと同時に……昇には気苦労を悟られたくなかったのだ。

なぜだろう？と倭は思う。

もっとも心配をかけたくない相手……それは大切に思っている人だからだ。虚勢でもなんでもいい、ただこの人の前だけでは笑顔でいたい。そう思ったから……。

昇の前で、つい意地を張ってしまったのだ。

「あっ、ごめん……俺、偉そうなこと言っちゃったな」

「いえ……兄さまのおっしゃる通りかもしれません。いま、ようやく母の気持ちがわかったような気がします」

窓から射す月明かりが、倭の手元を照らす。

倭はゆっくりと顔を上げ……ほんの数センチだけ、昇のそばへと近寄った。

「兄さま……私、まだお礼を言っていませんでした。お母さんが倒れたあの日、泣きじゃくっていた私の肩に手を置いてくれたのは……兄さまだったのに」

倭は手を伸ばし、昇の手に触れる。

「お願いがあるのです。もう一度この手で、私を抱きしめてはくれませんか？」

昇の手が、ぴくりと震えていた。

一生に一度の勇気を、倭はいま振り絞った。あたたかい、大きな手……このぬくもりに支えられなければ、あのとき自分は心を壊していただろう。

「倭ちゃん……」

昇は困惑した様子を見せながらも、やがて少しずつ倭の身体を引き寄せた。

細い倭の身体が、すっぽりと昇の胸に収まっていく。倭は息を止めて、そのぬくもりを味わっていた。あの日、昇がくれたぬくもりと同じ温度……今日のいままで、このあたたかさだけをお守りのように胸の中に忍ばせてきた。

「兄さま……いまだけは、私のものでいてください。贅沢は言いませんから……」

「あの、倭ちゃん……」

「兄さまは、私のことが嫌いですか？」

「いや、そんなわけないよ。でも」

「でしたら、いまだけは……」

本当は、ずっと兄さまのものでありたい。ずっとそばにいてほしい。

いまだけは……大家としてではなく、ひとりの女として、私のことを見て。

そう言葉にする代わりに、倭は顎《あご》を上げ、ゆっくりと瞳を閉じた。

昇の身体が熱くなるのを感じた。同時に、だんだん息が近づいてきたかと思うと……昇の唇が、倭のそれに触れる。

「ん……」

一瞬だけ、倭の身体が硬直した。生まれて初めて触れた男の人の唇はとても熱く、とても不思議な感触で……頭の中が真っ白になる。

永遠にも思える時間の後、やがて昇の舌が倭の口内に侵入してきた。なにせ初めての経験なので……倭は一瞬パニックに陥ったが、意を決してその舌に自分の舌を預けてみた。

「ん……んんっ……」

ぬるぬるとした舌と舌とが、唾液《だえき》によって一体化したような感覚。最初はぎこちなかった倭だが、昇の動きに誘われるようにして柔軟なものになっていく。自分の一部と昇の一部が触れ合っているという事実だけで、倭は例えようもない高揚感に包まれるのだった。

ただ探り合うだけのキスから、互いを求め合うような激しいキスに変わるとき……昇の手が、浴衣の帯を紐解《ひもと》く音が聞こえた。

「兄さ……ま……」

言葉の続きを遮るように、昇はさらに奥深く舌を押し込んできた。全身の力が抜け、抗《あらが》う意識すら働かない。ただただ昇に身を任せ、包み紙を剥《は》ぐように……浴衣を脱がされることしかできなかった。

月光を浴びた倭の肌が、闇《やみ》に蒼白《あおじろ》く浮かび上がる。その陶器《とうき》のような感触を味わうかのように、昇はゆっくりと指を滑らし……胸元へと到着した。

「倭ちゃん、きれいだな……」

「あ……んっ」

すっかり浴衣を剥ぎ取られた倭は、昇の指から逃れるようにして胸元を隠す。しかしあっさりと防御を外され、丸くかたちのいい乳房がぷるんと眼下に晒《さら》された。

あまりの恥ずかしさに、頭がどうにかなってしまいそうだった。まだその部分に触れられてもいないのに、昇の視線に反応するようにして、乳房の頂上がぴくんと頭を突き出す。

昇は右手を広げ、包み込むようにして乳房に押し当てた。

「……あ……っ」

ダイレクトに乳房を揉み上げられ、倭は小さく呻《うめ》く。汗はめったにかかない体質なのに、首筋からたらりと一筋の汗が伝った。その汗が片方の乳房へと流れ、乳首の上で雫《しずく》を作っている。

「柔らかいよ、倭ちゃんのおっぱい……」

昇はそっと唇を近づけ、その汗を舌でぺろりと拭い……そのまま乳首に吸いついた。

「はぁっ……やんっ……に、兄さま……！」

両腕でがっしりと抱きしめられ、唇で乳首を蹂躙《じゅうりん》するその動きを、倭はただ甘受するしかなかった。

昇はちゅっちゅと乳首を強めに吸いながら、反対側の乳房をてのひらで弄《もてあそ》ぶ。時に激しく揉みしだかれ、時に優しく撫で回されながら……倭は身体の中心からなにか熱いものが噴き出すような感覚に陥った。まるで下腹部の中に、溶岩が溢れているような……。

その源泉を探り求めるようにして、昇の指が倭の下半身へと伸びる。太股《ふともも》と太股の間は汗でびっしょりと濡れ、小さなパンティまでもがじっとりと湿っていた。

「兄さま、だ、駄目です……そこは……あぁっ！」

容赦なく昇の手は伸び、倭の腰を持ち上げてパンティを引き抜いた。いままで誰の目にも触れられたことのなかった密《ひそ》やかな部分が、たちまち露《あら》わになる。

なめらかな曲線を描く腰のラインを見た昇は、ためらわずに腰骨の部分にしゃぶりついた。思わず倭は布団の上に倒れ込み、その長い黒髪をシーツの上に振りまいた。

「あっ……兄さま……私だけ裸なんて、恥ずかしいです……あんっ……兄さまも……」

懇願するように倭が言うと、昇はすぐさま自分の服をその場に脱ぎ捨てた。

倭の目が、昇の下半身に釘付《くぎづ》けになる。そこには張り裂けんばかりに大きく膨らんだペニスが、くっきりと天井を向いてそそり立っていたのだ。

「怖いか？」

「い、いえ……怖くはありません。私は……兄さまのすべてが欲しいのですから」

倭は身体を起こし、昇のペニスと真っ正面から向き合った。そして手を伸ばし……そっと幹の部分に指を添える。

「うぁっ、倭ちゃん……！」

「あの……舐《な》めればいいのですよね。私、がんばります……」

なにをがんばっていいのかなんて、倭にはわからなかった。ただ、こうすると男の人は気持ちいいのだという、漠然とした知識を実行することでしか、倭は昇を喜ばせることができないと思ったのだ。

倭は四《よ》つん這《ば》いになり、舌先を伸ばして、まずは幹の部分に触れる。痛くしてはいけないと思い、唾液をたっぷりと乗せて。

「あぁっ」

昇が吐息まじりの呻き声をあげた。痛かったのかと思い、倭はよりソフトにちろちろと根元の部分を優しく愛撫《あいぶ》する。

ぴちゃぴちゃ……と、水気を含んだ音が響く。どう動いていいのかわからず、倭はやみくもに舌を動かした。ペニスの全体をくまなく唾液で濡らした後、今度は口の中に入れてみようと思い立つ。

「うぐっ……ん……」

一気に喉《のど》の奥にペニスを押し入れると、息ができなくて咳き込みそうになった。しかしそれを必死に我慢し、口をすぼめてねっとりと上下に動かしてみる。

「……倭ちゃん……うぁっ……あったかい……」

昇は切なげな声を出すと、倭の股間《こかん》へと指を差し入れた。

「ふぐっ……！」

前触れもなく、目もくらむような快感が全身に走る。自分自身で触っていなくても、その部分がだらしなく濡れているのがわかった。ぬるぬるとした液体が潤滑剤となって、昇の指を縦横無尽に滑らせているのだ。

「んん……んはぁっ……兄さまぁ……」

舌先に神経を集中しようと思うのだが、身体が言うことを聞かなかった。倭は尻《しり》を高く掲げ、昇の指を受け入れる。

「倭ちゃんのここ、いっぱい濡れてる……」

「やぁ……恥ずかしい……」

「もうやめる？」

意地悪な質問に、倭は反射的に首を振っていた。

「なんだか、切ないんです……兄さまぁ……っ！」

ガクガクと脚が震えた。昇がクリトリスを的確にとらえ、人差し指と親指の間でコリコリと愛撫した。腿《もも》に愛液が垂れるのも気づかず、倭は汗に濡れた髪を振り乱してシーツを握り締める。

「倭ちゃん、我慢しなくてもいいよ」

「でも……大きな声を出したら、外に聞こえてしまいます……っ」

そうは言いながらも、すでに我慢の限界だった。早くどうにかしてほしくて、だけどその思いをうまく言葉にできないジレンマが、倭の悦《よろこ》びをさらに高めていく。

「よし、じゃあ……」

昇は身を起こし、倭の身体をシーツの上に横たえた。

両脚を開かされ、倭はあまりに大胆なポーズに顔を覆いたくなる衝動に襲われた。しかし唇を噛《か》みしめ、これからの自分の行方をしっかりと目に焼きつけようと双眸を開く。

「行くよ、倭ちゃん」

腰の下に、昇の手が添えられた。ほんの少し下半身が浮いたかと思うと、股間の真ん中に熱いものが差し入れられていくのがわかった。

不安で不安で仕方なかった。だけど、左手を昇が強く握ってくれたから、この不安が喜びに繋がっていくのを認識できた。大切な人に抱かれる幸福を、しみじみと味わうことができたのだ。

「あぁ……っ」

股間になにかが挟まっていくような感覚の後……鈍い痛みが唐突に訪れた。身体を半分に裂かれてしまいそうなほどの衝撃に、全身が硬くこわばる。

「あっ、い、痛い……っ」

「ごめん……我慢できる？」

「……はい……絶対にやめないでください……あぁっ」

身体を貫く痛みに、涙が滲んだ。だが、それは辛《つら》い痛みではなく、愛《いと》しい痛みだった。

「もう少しだからね。あと、少し……！」

「んあ、あぁっ……！」

喉からせり上がる悲鳴を押しとどめるように、倭は昇の肩を噛む。熱した太い棒がじわじわと身体の中心部に到達していく瞬間を、倭は涙と共に迎えた。

「入った……。あぁっ、狭い……っ」

昇は息を吐きながらしばらくそのままじっとしていたが、耐えきれなくなったように腰を小刻みに動かし始めた。

「あっ、兄さま……んはぁっ……」

昇が前後に揺れるたびに、ぴりぴりと膣《ちつ》が痛む。だが不思議なもので、ペニスの先端で奥を突かれるごとに、どこか遠くへ連れていかれそうな感覚が全身を覆うのだ。

「兄さま、兄さま……もっと……くださいっ……！」

はしたなく倭は叫ぶ。痛みを通り越して、今度は下半身が軽くなるような錯覚を覚えた。下腹部に力を入れると、昇のペニスが倭の中でぴくぴくと脈打つのがわかった。

「んぁ……締めたらダメだ……っ」

粘膜《ねんまく》とペニスの境が曖昧にとろけ、倭は我を忘れて昇の腰に脚を絡ませる。ふたりの身体ががっちりと組み合わさり、結合部からはねちゃねちゃと淫靡《いんび》な音が漏れ始めた。

「あぁぁ、兄さま、ヘンになっちゃう……っ！」

昇は小刻みな運動から、長いストロークへと動きを変化させた。ペニスを大きく引き抜き、勢いよく秘部を貫くたびに、とろりとした蜜《みつ》がシーツの上に飛び散る。

「はぁっ……あんっ、兄さま、気持ちいい……っ！」

「倭ちゃん……もう俺……」

絞り出すような声で昇がそう告げた後、腰の動きが加速した。

「あぁっ、あああっ、はあああっ……！」

倭は昇に抱きつき、ぬちゃぬちゃと粘膜を摩擦される快感に酔いしれていた。やがて息をするのも忘れ、全身が深い闇の底へ堕《お》ちていくのを感じたとき……昇のペニスがびくび

くと熱いものを放ち、倭の上に倒れ込んできた。

——倭は、昇の全身の重みを受け止めていた。あまりに自分の心が柔らかくなっていることに、多少なりとも驚いている。

自分でも気づかないほど、張りつめた毎日を過ごしていたのかもしれない。まるでヤスリをかけるようにして、心を毛羽立たせてきたのだろう。

倭は全裸姿のまま眠っている昇にそっと毛布をかけ、ちくちくと髭《ひげ》が生《は》え始めた頬にそっとキスをした。

「……兄さま、ずっとお慕い申し上げておりました」

こんなに頼りない私ですけど……この夕映荘で、倭を見守っていてくださいね。危なっかしいときは、そっと抱きしめてくださいね。

できることなら、このままずっと……。

そう思った後で、倭は小さく微笑む。——私としたことが、本当に贅沢ですわね。さっきまでは「いまだけ」でいいと思っていたのに。

ねえ、天国のお母さん。

恋に贅沢なのは、女性の特権なのですよね……？


——翌朝。

今日もいつも通り変わらぬ、夕映荘の朝食風景である。

ただし……朝食のメニューが、あまりに濃《こ》すぎる異臭を放っていること以外は。

「……倭さん、今日はずいぶんとその……個性的なメニューなのね」

若葉が鼻をつまみながら、恨めしげに倭を見た。

「え？　そうですか？」

鼻歌をうたっていたエプロン姿の倭が、妙に浮ついた笑顔で答える。

「ええ……ちょっとすごい匂いっていうか……ニンニク？　だけじゃないわよね」

「ふぇ〜ん、ゆかり、しずかちゃんのたまご焼きが食べたいのぉ」

「ゆ、由香里ちゃん、好き嫌いしちゃ大きくなれないよっ」

咲は必死にフォローするが、その顔はかなり険しい。テーブルに並べられた皿からなるべく顔を遠ざけようとしている。

「ふふ、今日はスペシャルメニューですよ。ニンニクの醤油漬け《しょうゆづ》けに、すっぽんスープ。それに鰻《うなぎ》の蒲焼《かばや》きと……あ、搾《しぼ》りたての赤まむしジュースもございます」

その場にいた全員の顎が、ガクーンと落ちる。挙動不審な動きをしながら、咲はおそるおそる倭に問いかけた。

「倭ちゃん、いったいどうしてスペシャルメニューなの……？」

「はい？　決まっているではありませんか。兄さまに精をつけていただくためですわ！」

「……へ？」

――凍《い》てつくような沈黙。

なるべく他人事のように振る舞っている昇の肩を、むんずと咲が掴む。

「え？　え？　兄ちゃん、どういうこと？　本気でわかんないんだけど」

「いや、それはその」

「ははは っ、倭ちゃんってたまに突拍子もないこと言うよな。ほら咲、さっさと学園に行かなきゃ！　文化祭の打ち合わせがあるんだろ！」

綾乃が豪快に笑いながら、咲の首根っこをひょいとつまみ上げた。

「綾乃ちゃん、ちょ、ちょっと離してってば！」

「いいからいいから！　じゃあおにい、しっかり朝食食べていくんだよ！　んじゃ、行ってきまーす！」

ぎゃあぎゃあと騒ぎながら、ふたりは玄関へと消えていく。

呆然《ぼうぜん》としている住人たちをよそに、倭は窓の外を見た。くっきりとした青空に、ちぎれ雲がぽつぽつと浮かんでいる。

――きっと文化祭の日も、今日みたいなお天気ですわ。

根拠もなくそんなことを考えながら、倭は窓に映った自分の顔に微笑みかけた。

第二話　—咲—　茜色の夕焼け坂で

……おもしろくない。

咲はそう胸の中で毒づきながら、こつんと教室の床を蹴《け》っ飛《と》ばした。

なんだかぜんぜんおもしろくない。

もう、全体的に、とにかくまるごとおもしろくなーい！

「ああっ、もうっ！」

突然咲が叫び出すので、近くにいた同級生が恐れおののいた。咲は即座に引きつった笑顔を浮かべながら、「いや、あの、いまダンゴ虫がいたの！」と意味不明な言い訳をしてその場をやり過ごす。

——此の道学園の文化祭まで、あと二日。

咲たちのクラスの出し物はお化《ば》け屋敷《やしき》だ。内容が決まったのが間際だったこともあり、準備のためにクラス全体が連日連夜修羅場《しゅらば》ムードと化していた。

もちろんそれは、咲のクラスだけに限ったことではない。

由香里はコスプレ喫茶《きっさ》に向けて「役作り」にいそしんでいるし、綾乃はヤキソバ屋の仕入れ関連で頭を悩ましているようだ。楓花は即席写真屋……その場で写真を撮《と》り、パソコンで背景を加工するサービスを行うということだったが……咲には詳しいことはよくわからなかったけど、まあそれなりに忙しいのだろう。

……やっぱり、お化け屋敷なんて無謀だったのかな。

咲らしくもなく、ふと弱気になってみる。

昇の学生時代の話を参考にして、ついついクラスの仲間たちにお化け屋敷を大プッシュしてしまったのだけど……これが想像以上に手間のかかる出し物なのだ。ただ暗くすればいいというわけではないし、やるからには最高のホラーを提供したい。しかし、人の好《い》い性格が祟《たた》ってか、制作の要《かなめ》ともいえる部分を一挙に担《にな》うことになってしまった。

ただでさえ、こんな状況なのに……と咲はその場で地団駄《じだんだ》を踏む。

原因はそれだけではなく、咲のイライラの源はまったく別の理由に起因するのだった。

「おーい、咲！　進み具合はどうだ？」

咲の苛立《いらだ》ちの根源が、さわやかな顔をして教室に入ってきたとき、咲はつい手に持っていたハサミを床に叩《たた》きつけてやりたい衝動にかられた。

「……咲、どうした？」

ずっと下を向いて黙っている咲に……昇が心配そうな顔で、声をかける。

「……なーんでもないですよ、先生！」

ぷくっと頬《ほお》を膨らませ、咲はそっぽを向く。

もう、兄ちゃんのバカバカバカ！　なんでそんなに無神経なんだろ！

「ひゃあ、今日はいちだんと機嫌が悪いなあ。文化祭の準備、うまくいってないのか？」

「はーい、お陰様《かげさま》でぜんぜんうまくいってませーん」

自信たっぷりに、咲は言った。口調は明らかにひねくれているが、本当にうまくいってないものは仕方がない。

「うまくいってないって、あと二日だぜ……」

脱力したように、昇はがっくりと肩を落とした。

「ふーん、兄ちゃんもいっちょまえに、文化祭の心配したりするんだ。だんだん先生っぽくなってきたみたいだね。がんばってるじゃん」

「こら、大人《おとな》をからかうなよ。……それに、学校では兄ちゃんと呼ぶな」

はいはい、と咲は肩をすくめ、再び布の裁断の作業に取りかかった。

……別に、からかってるワケじゃないのに。

昇ががんばっていると思う気持ちは本当だった。事実、まだ実習期間に入って数週間しか経《た》っていないというのに、昇はさまざまな学年の生徒たちから慕われていた。

学園のOBであるということと、あまり先生らしくないということと、ちょっと頼りなさそうなところ……などと、まあそんなような要素が相まって、非常に親しみを覚えてしまうキャラクターとして通っているらしい。

音楽の授業自体は、それほど枠《わく》も多いわけではないのに……と咲はいぶかしがる。此の道学園は年配の教師が多いから、若いというだけでウケるのかもしれない。現役大学生でもあることだし、男の子たちとは話が合いそうだ。女の子たちには……。

そこで咲は、はたと思い立つ。

ま、まさか……兄ちゃんがモテてるワケないよね⁉　あたしの知らないところで、ラブレターとかもらってたりしてないよね⁉

「に、ににに、兄ちゃんっ！」

「……だから、先生と呼べと何回言わせるのかね。キミ」

「そんなこと言ってる場合じゃないよ！　あの……ら、ららぶ」

「は？　らぶらぶ？」

もごもごと咲が言いよどんでいると、ガラリと教室のドアが開いた。

「先生、実行委員会の件について相談があるんですけど」

きびきびとビジネスライクな口調で声をかけたのは、美月であった。大きめの眼鏡《めがね》のレンズから、生真面目《きまじめ》なまなざしが覗《のぞ》いている。

「ああ、悪い悪い。いま行くよ」

昇はそっけなく咲のもとを離れ、つかつかと美月のほうへ歩み寄る。

「ちょ、ちょっと待ってよ」

咲は慌てて昇の後を追い、がしっと腕を掴《つか》んだ。

「なんで顧問でもないのに、兄ちゃんが実行委員会のことで相談に乗るワケ？」

「別に顧問だろうがなんだろうが、学園の行事について相談に乗るのは教師の務めだろ」

……それはそうだけど！と咲は言いかける。教師じゃなくてまだ実習生じゃん！

「先生？　委員会のみんなが待ってるので、早くしてください」

ふたりの険悪なムードもよそに、美月は淡々と追い打ちをかける。

「あー、すぐ行くから先に行っててくれ。ごめんな」

「……はい」

昇のセリフに美月は眉根《まゆね》を寄せたが、そのまま足早に廊下《ろうか》を歩いていってしまった。

美月を目で見送りながら、昇はくるりと咲を振り返る。

「咲、今日は一緒に帰るか」

「えっ！」

思いがけない言葉に、咲の心臓がドクンと跳ね上がった。

「……いいの？」

「ああ。咲もなにか相談したいことがあるんだろ？　帰りがてら、ちゃんと聞くからさ」

「う、うん！　ありがとう、兄ちゃん！」

だから先生と呼べ、と昇は苦笑しながら、つかつかと歩き出した。

咲の胸から、さっきまでのイライラが嘘《うそ》のようにすーっと消え去っていく。

——やっぱり、兄ちゃんは優《やさ》しい。昔と変わらない。

咲は再び教室の中に戻り、作業を進めていく。

だけどその優しさが、自分だけに向けられていないのが歯がゆいのだ。

「……でさぁ、咲は結局のところなにを話したいんだ？」

——此の道学園からの帰り道。

咲と昇は、夕映荘へと続く此の道水道を歩いていた。夕暮れが近づき、ランドセルを背負《しょ》った小学生たちが群れをなして帰路を急いでいる。

「なにって、それは……」

咲は口ごもりながら、バッグを持つ手にぎゅっと力を入れた。

せっかく昇が時間を割いてくれたというのに……結局のところ、自分はなにを話したかったのだろう？

「そんなに言いにくいことなのか？」

「そういうワケじゃないけどさー……あ、この坂ね、あたし密《ひそ》かに夕焼け坂って呼んでるの。この町で一番夕焼けがキレイに見えるんだよ」

「確かに、絶景って感じだよな。ここを歩いてると、昔のいろんなことを思い出すよ」

「あたしも。兄ちゃんと何度も歩いたよね。あの頃《ころ》はよかったなあ……」

……毎日のように昇と遊び回っていたあの日々。いまだって、昇はこんなに近くにいるのに、どうして胸が切なくなるのだろう。

「……で、話ってなに？」

雰囲気《ふんいき》をぶち壊すような発言に、咲はまたイライラが復活してくるのを感じた。

……だから、少しは察してよ！

忙しいのはわかるけど、もっとあたしに構ってよ！

文化祭実行委員会が本格的に動き出してから、ぜんぜん遊んでくれないじゃん！

美月おねーちゃんばっかり、ずるい！

「はあ……」

咲はしみじみとため息をついた。

これらのセリフを修飾せず、そのまま口に出せたらどんなに気が楽になるだろう。

だけど、咲はそこまで子供ではない。身勝手なワガママだとはじゅうぶん自覚しているし、なにより美月を羨《うらや》むのは筋違いだ。彼女がどれだけ真面目に委員会活動をしているかは、傍《はた》から見ている咲だってよくわかっている。

「あ、わかった。あれだろ？　……好きなヤツができたとか？」

「……はあああ？」

脳天気を通り越して無神経すぎるほどの昇の言葉に、咲は憤《いきどお》る。

「なに言ってんの⁉　そんなワケないじゃん！　あたしはずっと……」

兄ちゃんのことが、好きだったのに！

　そう言いたくて言いたくて言いたくて……だけどずっと心に隠していたことを、咲はつい絶叫してしまいそうになる。

「ごめん、そんなに怒るとは思わなかった……ほら、あれだ。俺《おれ》も気になるんだよ。咲だって年頃の女の子だし、ついに彼氏でも紹介されるのかと思ってさ。いきなりそんなことになったら、俺だって動揺するだろ？」

「動揺……するの？」

　聞きようによっては意味深な言葉だった。彼氏を紹介してもなんとも思われないより、動揺してくれたほうがはるかに喜ばしいというものである。

「そりゃな。なんつーか……娘を持った父親の気分っていうか」

　飄々《ひょうひょう》と昇が答えるので、咲はがくんと肩を落とした。

　まあ、そんなとこだろうと思ったけど。どうせあたしなんて、娘か……せいぜい妹みたいなもんだし。

　間違っても、彼女扱いなんてされないんだろうなあ……。

　此花坂を上る足取りが重かった。今日はやけに夕陽《ゆうひ》が目に染みる。

「で、話は最初に戻るけど、なんか悩みごとがあったんじゃないのか？」

「ああ……。あ、そうだ！　兄ちゃん、あたしとデートしない？」

　降ってわいたような思いつきに、咲は指をぱちんと鳴らす。そうだ、デートだ！　休みの日にふたりでどっかに行けば、誰《だれ》にも邪魔されずに一日中構ってもらえる！

「デート？　……このクソ忙しいときに？」

昇は即座に難色を示した。

「日曜日とかなら別にいいでしょ？　どうせ寝てるだけなんだし」

「寝てるだけって、失礼だな。休息を取ってなにが悪い。此の道学園における俺の位置づけくらいわかってんだろ？」

そう言われて、咲は押し黙る。

此の道学園の教師陣の中で、当然ながら最年少の昇は、よくいえば頼りにされ……悪くいえばパシリにされる、なにかと都合のいい存在であった。年配の教師にしてみれば、教育実習生など息子のようなものか、もしくは丁稚奉公《でっちぼうこう》ぐらいの感覚でしかないのだろう。繊細《せんさい》で幸薄な音楽教師というパブリックイメージを掲《かか》げたかったらしい昇としては、この粗雑《そざつ》な扱いにかなり不満を抱いているに違いない。

……まあ、そうは言いながらも学園の空気にさっと順応してしまうあたり、昇もそれなりに教職生活を楽しんでいると思ってもいいのだろう。

「じゃあさー、文化祭が終わってからでもいいからさー。どっか行こうよー」

「……そうだなあ。ヒマになったらな」

「ったく、いったいいつヒマになるの？　来月？　再来月？　それとも来年？」

「そんな先のことわかるわけないだろ。……だいたい、来年は俺も大学に戻ってるだろうし」

ぱた、と咲は立ち止まる。

そうだ……いままで考えないようにしていたけど、昇はずっと学園にいるわけではないのだ。だって、教師じゃないのだから。

「兄ちゃん、いつ大学に戻るの？」

「……ま、まだ日にちははっきりと決まったわけじゃないんだ。俺にもよくわからないよ」

大げさな身振りで、昇は言葉尻《ことばじり》を濁す。咲はそれ以上問いつめてみたい気分にかられたが、やっぱり詳細を知りたくない思いもあり、追及するのをやめておいた。

「そっか……じゃあデートは無理だね……」

しょんぼりとした口調で、咲はてくてくと歩き出した。

「そうだよね……ワガママ言ってごめんね……無理に決まってるもんね……」

「……ああ！　わかったよ、デートするぞデート！」

やけくそ、といった様子で昇は言った。咲は神妙な表情から一転し、満面の笑みを浮かべる。

「ホント？　ホントに？　ねえ、いつ？　いつなの？」

「えーとー、じゃあ、文化祭が終わったら」

「そんな曖昧《あいまい》な予定じゃわからないよ。何月何日？　何曜日？」

「だからー、俺だって先のことなんかわかんねーよ。文化祭が終わって、予定が空いたら教える。それでいいだろ？」

「わかった。絶対だよ！　あたし、待ってるからね！」

咲は昇の腕に自分の腕を絡ませ、恋人のようにして寄り添った。昇は慌てて周囲を見回し引き剥《は》がそうとするが、咲はコアラのようにしがみついたまま離れない。

「こら、離れろ！　誰かに見られたらどうすんだよ！」

「えー、別にいいじゃん。娘みたいなもんなんでしょー？」

「こんな甘えん坊の娘なんかつくった覚えはないっ！」

慌てふためく昇の様子がおかしくて、咲は笑った。……ねえ兄ちゃん、あたしたちのこと誰も親子だなんて思わないよ。どう見たって恋人同士だよ？

不安定な動きでふたりがふらふらと歩いていると、咲は前方から人が歩いてくるのを確認した。誰かに見られても構わなかったが、学園関係の人だったら昇に迷惑がかかる。そう思ったので、ぱっと腕を離した。

「あれ……」

坂の上にいた少女を見て、咲は一瞬立ち止まる。

夕陽の色に染まる、さらさらとした長い髪。無表情だけど……芯《しん》の強そうなその瞳《ひとみ》。きつく結ばれた、薄い唇。

「かんなちゃん……」

「え？　……かんな？」

昇もまた立ち止まった。

……乙橘《おとたちばな》かんなは、咲たちの姿に気づくと一瞬ためらったが、やがてまっすぐに歩を進めた。そのまま小さく会釈《えしゃく》して、咲の横を通り過ぎようとする。

「かんな、久しぶりじゃないか。そのまま行っちゃうなんて水くさいぞ」

「……」

かんなは黙っていた。早くこの場を立ち去りたいのか、ひどく落ち着かなそうに視線を逸《そ》らす。

「……あのさ、俺、此の道学園に教育実習しに来たんだ。また夕映荘で下宿を始めたから、遊びに来てくれよ。前みたいに」

「……知ってる。楓花から聞いた」

消え入りそうな声で、かんなはつぶやいた。

咲はなにも言えなくて、心なしか気まずい空気の流れるふたりをじっと見ていた。

かんなちゃん……。

あたしの知ってるかんなちゃんは、もっと元気で……学園が大好きで、毎日のように夕映荘のみんなと一緒に遊んでいた。もちろん、兄ちゃんも一緒に。

なのに……学園に来なくなって、もうずいぶんな月日が経過したように思う。

「……私《わたし》、用事があるから」

「あ、ああ。それじゃ、またな」

昇がそう言うと、かんなは逃げるようにしてその場から走り去った。

その場に取り残された昇と咲は、しばらく無言のままでいた。状況をまったく把握《はあく》できていないらしい昇は、理解できないといった表情で咲を振り返る。

「なあ、咲……」

「それ以上は聞かないで」

咲はぴしゃりと言い放った。

「かんなちゃんが心を閉ざした理由は、あたしの口から言っていいことじゃないと思うんだ。本人も、兄ちゃんに知られたらイヤがるだろうし……」

昇は真面目な顔で、咲の言葉に耳を傾けていた。

「でも、兄ちゃんが心配に思う気持ちもわかる。だから、どうしても知りたかったら、かんなちゃん本人に聞いてみて。あたしたちができなかったこと、きっと兄ちゃんならできると思うから……」

そう。自分たちの力では、かんなの心を動かすことができなかった。

だけど、きっと昇なら……かんなの笑顔を取り戻すことができるかもしれない。他力本願と言われてもいい。少しでも可能性があるなら、その人の力に委《ゆだ》ねたい。

「ああ、わかった。咲がそう言うなら俺はなにも聞かないよ」

昇は咲の頭をぽんぽんと軽く叩いてから、がしがしと撫《な》でた。

「はあ……妹っていうより、犬扱いなのかな」

「え？」

そのぼやきに昇は反応したが、咲はそしらぬ顔をして歩き出した。


「……なあー、やっぱ憧《あこが》れるやろ？　常夏《とこなつ》の海、プールサイドで飲むトロピカルドリンク、満天の星空……。はあぁ、想像するだけでもよだれが出るわー」

「小夏……あのさ、ちょっとばっかり気が早いんじゃないか？」

リビングのソファーに座っていた綾乃が、深々とため息をつく。

夕映荘に帰ってきた昇と咲は、妄想がかった小夏の話し声を聞きつけて、そのままリビングへとやってきた。

「お帰りなさいませ。お夕飯の準備はできておりますよ」

キッチンで鍋《なべ》をかきまわしていた倭が、ふたりにそう声をかける。

「はーい！　あー、お腹空《なかす》いたー」

「咲、おまえは家に帰らなくていいのか？」

「えー、だって倭ちゃんのご飯おいしいんだもん。……なに？　あたしがいたら邪魔だとでも言いたいの？」

「んなこと言ってねーよ！　まあいいけどさ……」

「まぁまぁまぁ、おふたりさん！　やっぱあれやろ？　ふたりとも、海とか好きやろ？　東洋のハワイである沖苗《おきなえ》に行きたいとか、思うやろ？」

「はあ？　沖苗？」

昇と咲は、声を揃《そろ》えて顔を見合わせた。

「そうや、沖苗や。修学旅行で行きたい場所ナンバーワン、常夏の島！　海と珊瑚礁《さんごしょう》とゴーヤが待っとるでー！」

夢見心地といった様子で、小夏はその場でくるくると回り始めた。

「ねえおにい、コイツなんとかしてー。さっきからずっとこんな調子なんだよ」

いまいましげに、綾乃は小夏を一瞥《いちべつ》した。

「なんで唐突に沖苗の話になるんだ？」

「決まっとるやろ、修学旅行の行き先や！　東北や関東なんて目やないでー、なあ、咲も沖苗に行きたいやろ？　な？」

「あたしは東京に行くって、ずっと前から決めてるもん」

怪訝《けげん》な表情で、咲は答える。

此の道学園の修学旅行に関してのシステムは少々特殊だ。生徒たちの自主性に任せ、東北地方と関東地方、または沖苗の三種類から好きな土地を選べるのである。

「なんやてー？　東京なんていつでも行けるやないか！」

「そう簡単には行けないよ！　それに、あたしネズミーシーに行きたいもん！」

「はあ？　あんなオバケネズミの巣窟《そうくつ》に行ってなにが楽しいんや！」

「オバケネズミって！　子供の夢を壊さないでよ！」

聞き捨てならないことを小夏が言うので、たちまち咲と言い合いになる。

「まー落ち着け！　文化祭もまだだってのに、いまから修学旅行の話なんかしても仕方ないだろ」

「……そうよ。文化祭に向けてまだまだ考えることがたくさんあるでしょ？」

テーブルで黙々と夕食をとっていた美月が、冷ややかな声で割り込む。

「あかん……自治会役員を怒らせてもうた」

小夏はいそいそとソファーに戻り、テレビのチャンネルを変えた。それまで熱心にバラエティー番組を観《み》ていた楓花が、ぶーぶーと文句を言っている。

「お兄サン、後でまた文化祭の打ち合わせをしてもいい？　委員会が備品の予算の件でちょっと揉《も》めているのよ」

「うん、わかった。メシ食ったらさっそく始めよう」

美月にそう言いながら、昇はテーブルに向かう。

……あーあ。あとで勉強を見てもらいたかったのに。

咲はふてくされながら、食器棚から皿を取り出した。別に勉強をしたいわけではないのだが、なにかしらの口実が欲しかったのだ。昇と少しでも長い時間、一緒にいるための。

「……ねえ咲。あなたのクラスの進捗《しんちゃく》状況はどうなの？　担任の先生が心配そうな顔をしてたわよ」

美月の眼鏡のフレームがきらりと光る。痛いところをつかれて、咲は一瞬ひるんだ。

「いまラストスパートかけてるっていうか、当日にはなんとか間に合うと思うよ」

「思うよ、じゃダメじゃない。当日になっても間に合わなかったら、どうするつもり？」

どうするつもりと言われても……間に合わせるようにがんばるしかない。そう答えたかったが、なにを言っても言い訳になるような気がして、咲はうつむいた。

「本当に大丈夫なの？」

「大丈夫だよ……」

大丈夫、なんて保証はない。美月は当然のことを当然のように聞いているだけなのに
……どうして情けない気分になってしまうのか、咲にはわからなかった。

「……おいおいおい、咲！　な、泣いてないよな？」

綾乃が冷や汗をかきながら、咲の顔を覗き込む。

泣きはしない。涙はまつげで必死に止めている。あたし……なんかヘンだ。心がちっとも定まらなくて、ふらふらしているみたい。

「もう、美月！　おまえがなんか余計なこと言ったんだろ！」

「私はなにも言ってないわよ！　ただクラスの状況を聞いただけじゃない！」

手に持っていた書類を床に叩きつけ、美月は叫んだ。綾乃と美月の言い争う光景には慣れている楓花も、その迫力に「ふえぇぇ」と飛び上がる。

「……おーおー、おまえらホントに元気だなあ。ほら、とりあえず美月と咲はまずメシを食い終わること」

昇は冷や汗をかきながら、なんとかその場を収束へと運ぼうとした。

「私はもう食べ終わったわ。……じゃあお兄サン、後でお部屋に行きますから」

そう言って、美月は書類を拾いながら、さっさと二階へ上がってしまう。咲はしばらくその場に立ちつくしていたが、やがてゆっくりとテーブルの席に座った。

「……咲。あんま気にしなくていいよ。美月のヤツ、委員会だ自治会だなんだって、ちょっと忙しくてイライラしてんだよ。悪気はないと思うから大目に見てやってくれよな」

咲の肩に手を置きながら、綾乃は言った。

「美月おねーちゃんはなんにも悪くないよ……」

……悪いのは、きっとあたしだ。お化け屋敷の準備を安請《やすう》け合《あ》いしたはいいものの、段取りが悪くてちっともうまくいかなかった。夕映荘の仲間たちや、昇にちょっとずつ手伝ってもらったからまだなんとかなりそうなものの……結局自分の先の見通しが甘すぎたのだ。担任や美月を不安がらせてしまったのも無理はない。

「……咲、おまえはなんでも背負い込みすぎるんだよ」

焼き魚の骨を不器用そうに剥がしながら、昇は言った。

「文化祭がうまくいかなかったら、全部あたしのせいだなんて思ってんじゃないだろうな。んなことは絶対にないぞ。……大丈夫、クラスの奴《やつ》らだけじゃなく、俺や夕映荘のみんながついてるんだから。な？」

咲は、こくりとうなずいた。

「そーやそーや。全部完成しなくってもなあ、そーゆー手作り感が文化祭のええところやろ？　それに、文化祭なんてもう終わったも同然なんやし、いまは修学旅行のこと考えようや」

「小夏は責任感なさすぎなんだよ。少しは小春を見習ってくれたらなあ……」

「アニキ！　そりゃ聞き捨てならんわ！　うちは常に十手先のことを考えて……」

「あーはいはい。その調子で勉強のほうも十手先を見通してくれ。特に数学」

「はっ！　その口ぶりは……アニキ、もしやうちの成績表見よったなーっ！」

キーッと小夏が叫び、その場でプチ追いかけっこが始まった。倭はおろおろしながらも、小夏の腕をむんずと掴んでその動きを阻止する。

「小夏ちゃん、鬼ごっこでしたら私が外でお相手いたしましょうか？」

「いや……ええわ。倭ちゃん、ホントに鬼に変身しそうやわ……」

恐怖におののいた表情で、小夏は辞退を申し出る。

「あら、残念ですわ。ここのところ運動不足でしたのに。……咲ちゃん、文化祭には私と乙女ちゃん、それに輝ちゃんも参りますから、がんばってくださいね」

「えっ！　輝ちゃん来られることになったの⁉」

にこりと微笑《ほほえ》みながら、倭はうなずいた。

「そっか……じゃあ落ち込んでる場合じゃないね。あたし、がんばるよ。輝ちゃんをがっかりさせたくないもん！」

そう断言すると、咲は目の前の茶碗《ちゃわん》に手を伸ばし、ご飯をかきこんだ。

せっかく輝の外出許可が出たのだ。できることなら、思いっきり楽しんでもらいたい。

……それと、もうひとつ。

兄ちゃんに、よくやったって褒《ほ》めてもらいたい。これって動機不純かな？

ちらりと昇の顔を覗き見てから、咲は再びご飯を口に運んだ。

――そして、いよいよ文化祭当日。

絵に描いたような秋晴れだった。しかし天気とは反対に、咲の顔は生気が抜けたように青白く落ちくぼんでいる。

なにせ、前日から徹夜《てつや》状態だったのだ。クラスの有志だけでは手が足りず、やはり最終的には昇まで動員することになってしまったが……お化け屋敷が完成したときの喜びは、簡単に口にはできないほど大きなものだった。

これは、きっと成功する。

そんな確信を覚えたから、一睡《いっすい》もしてなくても元気はあり余るほど余っていた。仮眠を取るくらいの時間はあったのだが、脳が興奮してとうとう寝つくことができなかった。

「咲ちゃ～ん。準備できた～？」

……文化祭開始の一時間前。教室の窓にかけられている暗幕をチェックしていた咲へと、遠くから楓花が走ってくる。

「うん。こっちはバッチリだよ。楓花のクラスはどう？」

「うちもバッチリ～。逆にやることなくてヒマなくらいだよ」

「へ？　……ヒマなの？」

周囲では、咲のクラスメートたちが慌ただしく走り回っている。中には幽霊風《ゆうれいふう》のメイクや衣装を着た人間が交ざっているので、楓花はキョロキョロしっぱなしだ。

「うん。だって楓花、受付やるだけだも～ん。他《ほか》のみんなはパソコンとかいじっててたいへんみたい」

にひひ、と楓花は他人事のように笑った。

楓花のクラスは即席写真屋という変わった店を運営する。確かに楓花はパソコンはおろかマウスにも触ったことがない超機械オンチなので、実質的な出番は少ないのだろう。

「咲ちゃんたちのクラス、すごいね～。遊園地のお化け屋敷に来たみたい」

入り口に飾ってあったちょうちんお化けに怯《おび》えながら、楓花は感心したように言った。

「これもみんなが手伝ってくれたおかげだよ。楓花だって、こんにゃく買ってきてくれたでしょ？」

咲がそう言うと、楓花は照《て》れ臭《くさ》そうに笑った。急遽《きゅうきょ》必要になった演出用の小道具は、昨日の段階で楓花と小春が買い出しにいってくれたのだ。

「あ、そうだ。綾乃ちゃんが、あとで焼きそば食べにきて～って言ってたよ。こっそりサービスしてくれるんだって。やったね～」

「ホントに？　綾乃ちゃんの焼きそば、おいしいから楽しみだね」

さっき倭が作ってくれたおにぎりを食べたばかりだというのに、咲はもう空腹を覚えてきた。綾乃の得意料理である焼きそばを食べるのも、毎年の恒例行事である。

「あ、もう行かなくちゃ！　咲ちゃん、またあとでね～」

楓花はひらひらと手を振りながら、踊るような足どりで走っていった。その瞬間、教室のスピーカーからジジジと雑音が聞こえてくる。

『……実行委員会よりお知らせします。文化祭開始まで、あと二十分となりました。各自持ち場につき、最終点検を行ってください。なお、荷台の持ち出しが増えていますので、使い終わった生徒は必ず返却に……』

美月の声だった。

咲はほどけかかった髪のリボンをはずし、気合いを入れるために強く結び直す。

精一杯がんばったもん。絶対大丈夫だよ。

祈るようにそうひとりつぶやいてから、咲は教室の中へと入っていった。


「きゃあああああっ！」

……響き渡る、断末魔《だんまつま》の悲鳴。

あまりの声の大きさに、通行人が次々と立ち止まる。その様子を見て、咲は何度ガッツポーズを取ろうと思ったかわからない。

お化け屋敷は、大好評だった。

「たかが文化祭の出し物」と侮《あなど》ったのか、ほとんどの客は涼しい顔で入り口をくぐっていた。しかし三十秒もしないうちに、さきほどのような悲鳴のオンパレード。これが快感といわずになんといおう。

……やった。演出に凝《こ》っただけあった。般若顔《はんにゃがお》の佐藤《さとう》くんにお化け役を頼んだだけあった。楓花に下仁田産《しもにたさん》のこんにゃくを選んでもらった甲斐《かい》があった……。

咲はひとりほくそ笑みながら、「らっしゃいらっしゃい」と威勢よく次の客を案内する。もしかしたら客引きの才能があるかも……と、咲は早くも天職に目覚めかけていた。

「咲ちゃーん」

聞き覚えのある声に、咲は振り返った。

「輝ちゃん！」

人込みの中で、たどたどしく歩いてくる輝……そして、その背後には倭と乙女がいる。

「わー、すごい人気だね～。いま出てきたお客さんも、すっごく怖《こわ》かったって言ってたよ」

「ホント!?　……それより、輝ちゃん大丈夫なの？　今日はよく来てくれたね」

「うん。倭ちゃんや乙女ちゃんもいるし……なにかあったら、お兄ちゃんに担いでもらうから」

そう言いながら、輝はにこにこと笑った。

「……もっと早く言ってくれれば、私も手伝ったのに……」

乙女は相変わらず無表情のまま、そんなことを言う。

「えっ？」

お化け役で……？と喉《のど》まで出かかったが、あまりに失礼すぎる気がしてなんとか飲み込んだ。

「……お客さんとして来てくれるだけでじゅうぶん嬉《うれ》しいよ。あ、ところで兄ちゃんに会った？」

「ああ、お兄ちゃんなら……」

輝がそう言いかけたとき、咲の背中を誰かがバンと叩いた。

「よっ、咲！　順調みたいじゃないか」

いてて、と背中を押さえながら、咲は顔を上げた。そこには、昇と……猫耳《ねこみみ》をつけたメイド姿の由香里が立っていた。

「……わあっ、由香里ちゃんカワイイーっ！」

咲は、思わず由香里を抱きしめる。なぜか得意げな由香里は、お尻のシッポをふにふにと動かしながら、「にゃんにゃん♪」と無邪気に喜んだ。

「さっきまで、由香里ちゃんのクラスに行ってたんだ」

「そうなのぉ。イメクラ喫茶なのぉ～」

「違うッ！　……あ、コスプレ喫茶な。由香里ちゃん目当ての客ばっかでたいへんだったんだぜ」

咲はうんうんとうなずいた。しかし由香里のクラスの担任も英断だったに違いない。こんなに愛らしい生物を無防備に働かせるなんて、いつ犯罪が起こっても不思議《ふしぎ》ではないだろう。

「ねえみんな、お化け屋敷入ってってよ。大サービスしちゃうんだから！　いまなら延長もオッケーだよ！」

咲がそう言うと、昇は引きつったような表情を浮かべる。

「おまえ……客引きの才能あるかもな。悪い意味で……」

「はぁ？　どーゆーこと？」

目をつり上げながら咲が言うと、昇はなんでもないとしきりに首を振った。

「よし、じゃあ咲、案内してくれ。おまえの努力の成果を見てやろうじゃないか」

「え？　あ、あたしも？　でもさ、いちおうスタッフだし……」

「ほんの数分ぐらいいいだろ。ちょうど客もいないみたいだし、実際に体験してみないと客に説明できないぜ」

「そうだよ咲ちゃん。ここで待ってるから、行ってきなよ」

輝がそう言うと、昇はくるりとそちらを振り向く。

「輝は次に俺と入るんだぞ。すぐ出てくるから、待っててくれ」

「え……」

さーっと血の気の引いた顔で、輝は立ちすくむ。昇は咲の腕を強引に掴み、てくてくと入り口に引っ張っていった。

「兄ちゃん……あたしはいいよう。先に輝ちゃんと入ってきなよー」

「なに？　もしかして、怖いの？」

ニヤニヤしながら昇が言うので、咲はとっさにぶんぶんと首を振ってみせた。

「そ、そんなわけないじゃん。作ったのはあたしだよ？」

「そのわりには、顔が青いみたいだけどなぁ」

ぬぬぬ……と、咲は拳《こぶし》を握る。

バカみたい。怖いわけないじゃん！　こんなの作り物よ！　意地でも叫んだりしないんだから！

……しかし、咲の決意は入場してからわずか三秒で崩れるのだった。


「ひゃああああああああっ‼」

……闇《やみ》の中で、咲の悲鳴がこだまする。

昇はオラウータンのようにぶら下がる咲を引きずりながら、暗闇の中を手探り状態で歩いていた。

「なああなあ、もうちょっと静かにできないか？　もしくは自分で歩くとか」

「ひあっ、む、無理っ！　帰る、もう帰る！　……ぎゃあああああっ！」

咲と昇の足下を、ぬるんと冷たいなにかが触れた。それが楓花に頼んだこんにゃくと気づくのに、約二分くらいの時間を要した。

「さ、さすが下仁田産……」

「わけわかんないこと言ってないで、さっさと行くぞ！」

「うっ、ううう……」

昇の服でボロボロと溢《あふ》れる涙を拭《ぬぐ》いながら、咲は脚《あし》を引きずるようにして歩く。

「あのさあ……そうやって叫んでると、いいかげん疲れないか？」

「……うん、疲れる」

「それに、俺もいるんだから怖がる必要ないじゃないか」

しかも自分のクラスの出し物なのに……と昇がぶつぶつつぶやく。

「でも、怖いものは怖いもん。けっこう繊細なんだよ、あたし。こう見えても」

「はあ……繊細ねえ。あんなに寝相の悪い咲が、繊細ねえ……」

「い、いつの話してんのっ！」

突然「ばあぁ！」と出現した幽霊に気づきもせず、咲は反論した。

「寝相の悪いヤツは、一生寝相の悪いままなんだよ。どうせ腹でも出して眠りこけてんだろ」

「そんなことないもん！　お地蔵さんみたいに、ぴくりとも動かないんだから！」

「そうやって意地になるところが、子供なんだよなぁ」

バタン！と倒れた墓石を避けながら、昇はからかう。

「子供じゃないよぉ！　そりゃ背は小さいけど、もう大人なんだから！」

「あっそう。……まあそれはいいとして、はい到着」

「……え？」

咲は昇の腕から手を離し、ぽかんと顔を上げる。

見れば、ほんの五メートル先に出口と思われる明かりが漏れていた。

「あれ……いつの間に？」

「しゃべってれば、こんなのあっという間だよ。……ま、けっこうよくできてたけどな。特にあの般若顔の幽霊なんか……わわわわわっ！」

ぶしゅしゅしゅしゅ……と音がして、昇は飛び上がる。咲はふいに背中を押されたような感覚と共に、ばたっと昇の胸に倒れ込んだ。

「わああっ！」

さらにぐいぐいと背中を押され、身動きを取ることができない。一瞬パニックになりかけたが、ようやくこの仕掛けに思い当たることができた。

「咲、これは……いったい……」

「あ、あのね、これはカップル専用の仕掛けで……壁に立てかけてあるふたつのビーチマットがどんどん膨らむの」

「膨らむとどうなるんだ？」

「それは……まあ、このように……ぴったり密着して動けなくなる、と」

昇の背後にあるマットも順調に膨らんでいるようだ。かくして、咲と昇は抱き合ったような格好のまま逃れることができない状態になった。

「あれ……ちょっと、空気入れすぎみたいだね」

「そうだなあ……で、これはいつ終わるんだ？」

「さあ……」

正直なところ、咲にもよくわからなかった。自動的に空気が抜けるか、誰かが開閉スイッチを操作するか……いったいどちらだっただろう？

しばらくそのままの状態で、ふたりは沈黙を守っていた。

だんだん冷静になるにつれ、咲は鼓動《こどう》が速くなるのを感じていた。よくよく考えたら、こんなに昇とくっつくのは生まれて初めてかもしれない。ふざけて腕を組んだり飛びついたことはあったけど、まるで抱き合うような格好で……長時間いることになるなんて。

「……なあ、あんまりくっつくなよ」

「し、仕方ないじゃない！　なによ、兄ちゃんはあたしと一緒にいるのがイヤなの？」

「そうじゃなくて、その……」

昇はもぞもぞと身体《からだ》を揺すぶった。心なしか、息が荒いような気がする。

「どうしたの？　……あれ、あ、やだ……」

咲は、そのとき昇の異変に気づいた。

厳密にいうと、昇の股間《こかん》の異変なのだが……。

「兄ちゃん……あの……」

「……仕方ないだろ！　おまえが胸をくっつけるから！」

昇は顔を紅潮させながら、咲に言い聞かせる。

――なにこれ。もしかして……「興奮すると、男の人のあの部分が大きくなる」ってやつ？

以前クラスメートたちが話していた内容だった。咲はその場でなんとなく聞き流していたのだが、まさか自分が実物を確かめる日が来ようとは……。

ちょっと待って。

じゃあ、兄ちゃんはあたしに興奮してるってこと？

あたしを「女」として見てるってこと？

「兄ちゃん……」

咲は思いきって目をつぶり、ほんの少しだけ顎《あご》を上げてみる。

「……なにやってんだ？」

「いまなら誰も見てないから……お化け屋敷作るの手伝ってくれたお礼。兄ちゃんだったらあたし……ううん、兄ちゃんにもらってほしかったりして……」

ドクンドクン、と耳たぶまで脈打っているのがよくわかった。早く、早くして、と咲は思う。でないと、せっかくの勇気が頭を引っ込めてしまう。

「咲……」

「お願い……兄ちゃん。ここには誰もいないから……」

恥ずかしいよ。兄ちゃん。だからこれ以上恥をかかせないでよ。

昇の熱い息が近づいてくる。咲は息を止めて、その瞬間を待った。

「んん……」

うわぁ……あったかい……。

一番初めの感想は、その一言だった。少しガサついた唇が、咲のつやつやとした唇に重なる。

……よかった。リップクリーム塗ってきて。

しかし、そんなのんきなことを考えているうちに……いきなり昇が舌を挿入《そうにゅう》してきた。

「ん……っ！」

唐突に舌を貪《むさぼ》られ、咲は戸惑った。どうしたらいいんだろ。映画ではこんなシーン観たことあるけど、実際に口の中がどうなってるかなんてことまでは、教えてくれなかったよ。

「んちゅ……ん……ちゅ……」

どっと唾液《だえき》が溢れだしてきて、自分でも驚くほどいやらしい音を出してしまう。

「んぁ……兄ちゃ……ん……んちゅ……ちゅぱっ……」

昇は寡黙《かもく》だった。その代わり、舌は機敏に動く。ざらざらとした表面をこすりつけ、絡め取られ……ビーチマットで支えられなければ、その場に崩れていただろう。

やがて昇の手が、咲の制服のブラウスの中へと侵入した。驚く間もなくブラジャーを引き下げられ、昇の手の感触をダイレクトに乳房に感じた。

「ひゃっ……に、兄ちゃん……？」

マシュマロのような柔らかい乳房を、昇の手が押し潰《つぶ》す。少し痛いのと脳天を貫くような痺《しび》れとで、咲は我を忘れて声を出してしまった。

「あぁっ！　……あ、はぁっ……ん」

コリコリと尖《とが》った乳首までもを揉みほぐすようにして、昇は乳房全体を撫で回した。硬さを極めた股間が咲の下腹部に当たり、くすぐったいような恥ずかしいような、言いようのない感覚を覚える。

「あっ、ま、待って、兄ちゃん……あ、やんっ！」

乳房を蹂躙《じゅうりん》するだけに飽《あ》きたらず、昇は巧妙にスカートの中に手を滑り込ませ、柔らかい布地の上に指を這《は》わせた。瞬間的にきゅっと脚を閉じるのだが、それが太い人差し指をくわえ込むかたちとなり、咲はたまらず背中を仰《の》け反《ぞ》らせた。

「はうぅんっ」

「……ダメか？」

耳元で甘く囁《ささや》かれ、咲はふるふると首を振った。ダメもなにも……ここまで高ぶらせせられて、いまさらあとに引くことなんてできない。

「いいよ……兄ちゃんなら」

頬を赤らめながら、咲はつぶやいた。

昇は咲の太股《ふともも》を手で持ち上げ、反対側の手で割れ目の溝をなぞる。自分の身体の中から恥ずかしい液体が流れ落ちていくのがわかった。さらにその液体が、昇の指をじっとりと濡《ぬ》らしているという事実に、逃げ出してしまいたいほどの羞恥心《しゅうちしん》が芽生《めば》える。

ぴちゃ……ぴちゃっ……ぺちゃ……。

まだ直《じか》に触れていないというのに、早くも咲の股間からはなまぬるい泉が湧《わ》き出ていた。くちゅくちゅと穴の入り口を探られた後、指の第一関節がクニクニと回転し、さらに熱い汁がほとばしった。

「あ、はぁ、ふぁ……はぁんっ！　あん、気持ちいい、兄ちゃん、気持ちいいっ……！」

背中のビーチマットがぎしぎしとしなる。咲は昇の腕に爪《つめ》を立て、迫りくる津波のような快感に耐えようとした。しかしいともたやすく波にさらわれ、高みへと連れ去られそうになる。

「んぁ、やぁ……あぁっ、あ、くはあぁぁぁっ！」

昇の指がパンティの中に入り込んだ瞬間……咲の全身がビリビリとわなないた。ほんの少しだけクリトリスの先端に触れられただけなのに、あっという間に昇りつめてしまったのである。

「はぁ……はぁ……はぁ……」

「……おい、大丈夫か？」

ぐったりとしながら、咲はこくこくとうなずいた。本当は立っているのも危《あや》ういところだったが、ビーチマットが幸いしてなんとか倒れずにはすみそうだった。

「どうしよう……誰かに聞かれちゃったかな。おっきい声出しちゃった」

「客はまだ入ってきてないみたいだし、大丈夫だろ……」

昇は額の汗を拭いながら答える。

「ねえ兄ちゃん……」

咲は顔を上げて、昇の目を見つめた。

あたしばっかり気持ちよくなっちゃって、ごめんね。だから、兄ちゃんも……。

そう言おうかどうしようか迷っていると、突然ぶしゅううう……という音があたりに響いた。

「きゃあっ！」

ビーチマットの空気が勢いよく抜け、そのはずみでふたりの身体が大きく投げ出される。そのまま転げるようにして出口の暗幕から飛び出し……輝たちの足下へと滑り込んだ。

「いたたたた……」

「……そんな勢いで逃げてくるほど、怖かったのかしら……？」

咲が顔を上げると、乙女が冷え冷えとした目つきで見下ろしている。隣で昇が、「いやもう、そりゃスゴくて……」と大げさな身振りで説明し始めるのを、咲は火照《ほて》った耳でじっと聞いていた。


——キャンプファイヤーの炎が、校庭に陽炎《かげろう》を作っている。

生徒たちは暖を取るようにして輪を作り、陽気な歌をうたっていた。その付近では美月が、ゴミの分別について大きな声で呼びかけているのが見える。

「文化祭、終わっちゃったねえ」

大きく伸びをしながら、隣で楓花が言った。

「やるまでは結構面倒くさいなあって思うんだけど、終わってみると案外さびしかったりしてね」

綾乃もまた、炎を見つめながらしみじみとつぶやいた。

「うん、ホントに……今年は楽しかったなあ」

咲は煙で染みた目をこすりながら、にっこりと笑った。いろいろなことがあったけど……やっぱり最後には思うのだ。「今年も楽しかったね」と。

「綾乃ちゃんのお店も、大盛況だったね。すごくおいしかったもん」

「ああ、まあうちの焼きそば屋は此の道学園の伝統みたいなものだからね。おかげさまでずいぶん儲《もう》けさせてもらったよ」

「えー、そうなの？　じゃあお寿司《すし》おごってぇ」

「っとに、楓花は食い物のことばっかだな」

綾乃はけらけらと笑って、空を仰《あお》いだ。焼けつくような色の夕焼けが、校庭を朱色に染めている。

「ところで、今日は打ち上げ行くだろ？　体育館にケータリング呼んで、盛大にやるらしいよ」

「あ……あたしはいいや。もうヘトヘトだよ。昨日も寝てないし」

「そうだよなあ。咲はキビシイよな。楓花は……行くに決まってるか」

「うーん、倭ちゃんたちも行くってー」

そうなると、今日は晩ご飯は抜きになるのかな……まあいいや、なにかテイクアウトしてもらおうと咲が考えていると、遠くからゴミ袋をかついだ美月が近づいてくる。

「あなたたち、そろそろ体育館に移動してちょうだい」

「はいはい。しっかし美月はホントに働き蜂《ばち》だなー」

「あなたたちが働かなさすぎるのよ。……あ、咲」

眼鏡を光らせた美月が、くるりと咲を見た。

「な、なに？」

「お化け屋敷、けっこう楽しかったわよ」

咲はぽかんと口を開けた。……え、どういうこと？

「あなた、ちょうど交代時間だったみたいでいなかったけど」

「美月おねーちゃん、来てくれたんだ……」

咲はうるうると瞳を輝かせながら、さっと美月の手を取った。

「や、やめてよ！　恥ずかしい！」

激しく手をふりほどきつつも、美月の顔は真っ赤だった。咲はそんな美月が急にかわいらしく思えて、飛びかかるようにして強く抱きついていた。

——しっかし、お腹減ったなあ。

夕映荘に着くと、当たり前のように中は真っ暗だった。手探りで灯《あか》りをつけてから、まずキッチンに行って冷蔵庫を開ける。

「……ハムと大根とカボチャと大豆と……うーん」

なにかすぐに食べられるものを、と思ったのだが、素材そのものが冷蔵庫のほとんどを占《し》めている。咲も決して料理ができないわけではないのだが……倭のようにスピーディーに調理できるスキルはない。

「仕方ない、ガマンするか」

自分の家でないとはいえ、勝手知ったる夕映荘だ。倭がカップラーメンを常備するような性格とは思えないし、時間が経つにつれてお湯をわかす手間さえ面倒に思えてきた。

お風呂《ふろ》にでも入って寝るか、と思ったそのとき……咲はぷにっと柔らかいなにかを踏んだ。

「……に、兄ちゃんっ⁉」

最初は死体かと思ったが……咲の踏んだものは昇の腕だった。リビングの絨毯《じゅうたん》の上で、倒れるような格好で眠っていたのである。

「兄ちゃん、しっかりして！　どっか痛いの？」

そう咲がぐらぐらと昇の身体を揺らすと、やがてゆっくりと目を覚ました。

「……あー、つい寝ちゃったよ。あまりにも疲れてなあ」

「こんなとこで寝てたら風邪《かぜ》引くよ。ほら、とりあえず自分の部屋に戻ろう？」

なんとか昇の身体を起こし、腕を肩にかけて支えるようにして階段へと歩いていく。

「兄ちゃん、打ち上げ行かなかったの？」

「ああ……なんやかんや理由をつけて帰ってきちゃったよ。どうせまた食ってるヒマもないほど働かされるだろうし」

確かにそれはあり得る、と咲は思った。教師たちにお酌《しゃく》して回るだけでも相当な労力が必要になりそうだ。

二階に上がり、昇の部屋のドアを開けてから万年床《まんねんどこ》と化している布団《ふとん》へと昇を横たわらせた。昇はそのまま、すぐに寝息を立て始める。

「……お疲れ様、兄ちゃん」

咲は安らかな寝顔を見つめ、そうつぶやいた。

いまとなって考えてみると……あのお化け屋敷での出来事が、夢だったのではないかと思えてくる。

でも、あたしは確かに兄ちゃんと……。

咲は、仰向けになった昇の下半身に目をやった。

いまは、膨らんでいる様子はないが……あのときはなにか異物が入っているのではないかと思うほど硬かった。

大きく深呼吸してから、咲は昇を起こさないように……その部分に触れてみる。

「わ……」

ズボンの上から触れた股間には、ぷっくりとしたモノが隠されていた。かたちを確かめるようにしてさすっているうちに、だんだんと膨らみが増してくるのは……気のせいなのだろうか？

咲はこっそりと昇の鼻に耳を近づけた。大丈夫、よく眠っているみたいだ。

ゆっくりとベルトを外し……ジッパーを下ろして、トランクスがよく見えるように広げてみる。ズボンの締めつけから解き放たれた昇のペニスが、ひょっこりと浮き上がった。

わわわ、すごい……！

目の前で起こっている奇妙な現象に、咲の好奇心はむくむくと沸き上がる。

トランクスに手をかけ、そっと下にずらしてみた。すると、先走りの液を滲《にじ》ませたペニスの先端が明るみに現れる。

ど、どうして先っぽが濡れてるの？

わからないことだらけで、咲は引き寄せられるようにしてペニスを手に取っていた。あまりに熱くて驚いたが、長いこと眺めているととても愛らしく思えてくるから不思議なものだ。咲は慈《いつく》しむようにして、ペニスを上下にさすり始めた。

ペニスが硬さを増すにつれ、昇の吐息が荒くなっているような感じがした。寝てても気持ちいいものなのかな、などと咲は考えながら、さらに激しく上下に動かす。

「……うぁっ⁉」

「ひ、ひあああっ！」

突然昇ががばっと身を起こし、咲は後ろに飛び退いた。昇は露《あら》わになった下半身と咲の顔を交互に見ながら、ぱくぱくと口を動かしている。

「兄ちゃん……ご、ごごめん！」

行為がバレて、改めて自分が大胆すぎる行動に出ていたことに気づいた。穴があったら入りたい心境とは、まさにこのことだろう。

「咲……？　おまえ、いま……」

「も、もう、言わないで！　兄ちゃんだって……気持ちよかったでしょ？」

半ば意地になって咲が言うと、昇は夢見心地といった顔で小さくうなずいた。あまりに素直なリアクションに、逆に拍子抜けしてしまう。

……そっか。あたしでも、兄ちゃんを気持ちよくしてあげられるんだ。

じゃあ……ちょっとはあたしのこと、好きでいてくれてるのかな？

「兄ちゃん……」

咲は昇を再び横たわらせ、四つん這いになり……ペニスを握る。

「あっ……！」

本格的に目が覚めたらしい昇は、あまりの衝撃に身動きが取れないでいる。ただただ小刻みに手が動くのを、傍観するよりほかなかった。

……あたしだって、いくら奥手でも、男と女がどんなことをするのかぐらいはわかる。経験はないけど……触ったら気持ちいいってことぐらいは知ってるんだから。

「咲……ああ……」

昇は手を伸ばし、咲の髪にゆっくりと指を通した。そして肩を通過し……ブラウス越しに胸へと伸びる。

「はうんっ……」

果実の房を愛《め》でるように、てのひらで乳房を優しく揉みしだかれた。

ぷちん、ぷちんとボタンを外す音がする。昼間に昇に触れられてからというもの、未《いま》だに火照りが引いていないというのに……咲はさらなる熱が身体の中心から生まれるのを感じ取っていた。

「兄ちゃん、明るいよ……」

しかし昇は灯りを消さず、するするとブラウスを脱がせて蛍光灯《けいこうとう》の下で咲の裸を晒《さら》す。ブラジャーの中で窮屈《きゅうくつ》そうに隠れていたDカップの乳房が、ぷるぷると恥ずかしそうに飛び出した。

昇は唇を寄せ、乳首の近くを強く吸う。軽い痛みが甘美な刺激となり、咲は身震いした。

「あぁ……痕《あと》になっちゃったよぉ……」

見ると、肌にうっすらとした紅色の印が残されている。昇のつけてくれた証《あかし》なのだと、咲は喜びのあまり強く抱きついた。

「兄ちゃん……あたしを女にして。兄ちゃんの手で、あたしを大人の女にしてよ」

昇は咲の身体を一瞬強く抱きしめ、布団の上に咲を寝かせた。スカートのホックに手をかけ、パンティごと一気に引き下げる。

「あっ……」

みずみずしい咲の全身が、昇の瞳に映っていた。産毛の一本一本やほくろのひとつひとつまでつぶさに観察され、緊張で身体がこわばった。

ふわ、と昇が咲の両脚を上げ……割れ目がぱっくりと見えるように開脚した。

「だめっ……恥ずかしいってば」

反射的に咲は股間を隠したが、男の力にはかなわない。たやすく両手の自由を奪われ、あられもない姿勢を強制される。赤ちゃんがオムツを替えてもらうみたいで、咲は昇の顔を直視できなかった。

「……ピンク色してるよ。かわいいな」

「そんなこと……っ」

つるりとした咲の秘部から、ねらねらと光った柔肉が覗いていた。表面はつやつやと湿り、なんとも淫靡《いんび》な輝きを放っている。

ぴちゃ……。

「ひゃんっ！」

咲は飛び上がった。昇が自分の股《また》の間に顔を突っ込み、舌で舐《な》め上げていたのだ。

「あっ、兄ちゃん、やぁっ、はふんっ！」

ぬめっとした感触が、クリトリスをころころと愛撫《あいぶ》する。肉壁は赤くぷっくりと充血し、昇の舌を寛大に受け入れている。

「コリコリしてるよ、咲のここ。おつゆもいっぱい溢れてきたな」

ぺちゃぺちゃと派手に音をたてながら、昇はイタズラっぽくつぶやいた。

「やん、おかしいよぉ……そんな汚いところ……」

「汚くないよ。でももっとキレイにしてやる」

肉ヒダの真ん中でぴょこんと勃起《ぼっき》しているクリトリスを、ちゅうと強めに吸いつかれ、咲は声にならない悲鳴をあげた。

恥ずかしくて逃げ出したくて、でも腕に力が入らない。やめてほしいのに、もっと激しく求めてほしいとも思ってる。

そんなジレンマを抱えながら、咲は昇の頭を自分の股間へと強く引き寄せていた。

「やぁんっ、ヘンになっちゃう！　あぁっ、やあぁっ！」

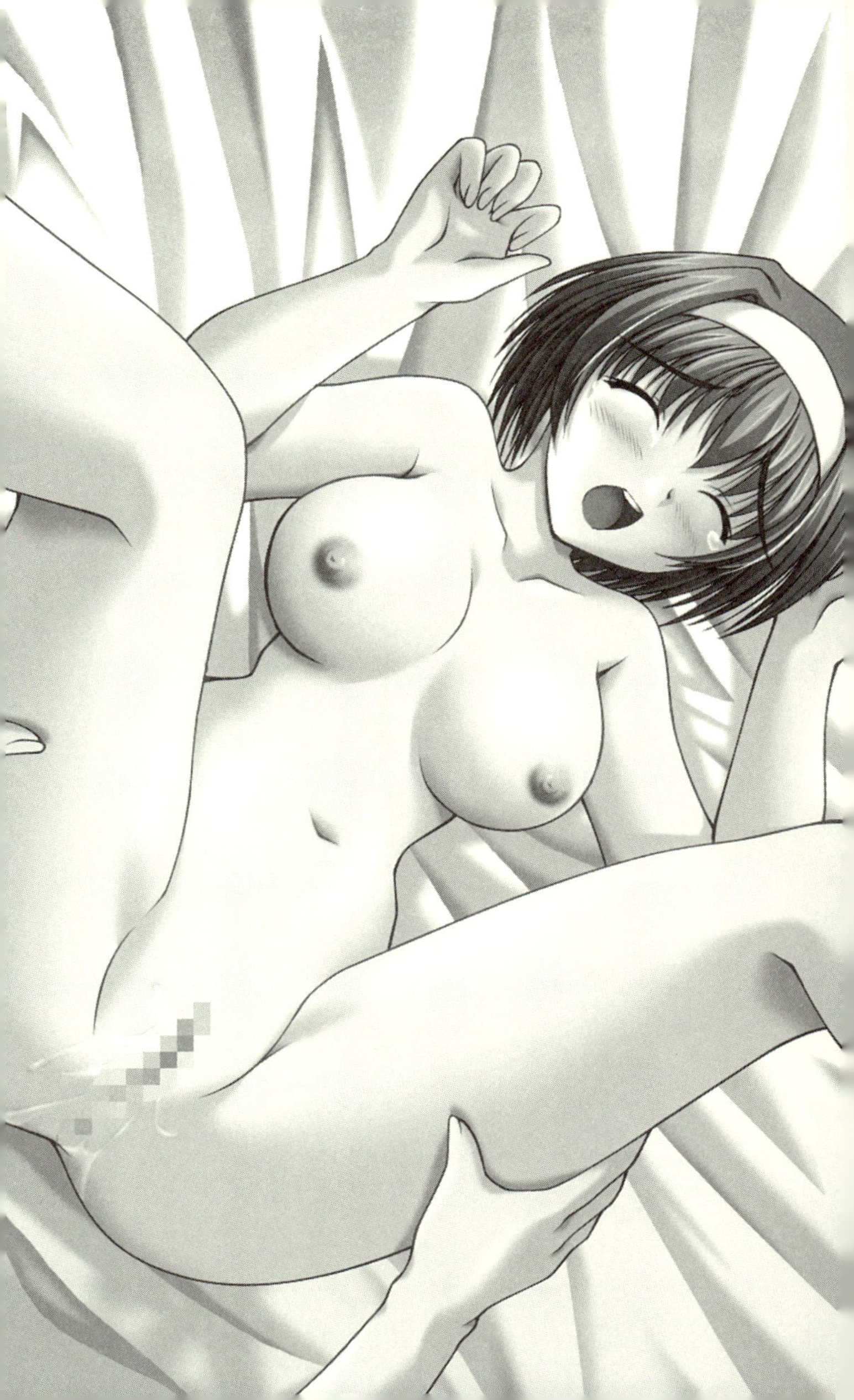

「咲はえっちだなあ。ヒクヒク動いてるよ……」

昇の舌が硬く尖り、蜜壺《みつつぼ》の入り口を小さく突いている。微妙な振動を与えられ、秘裂がビクビクと震えた。それと同時に奥から大量の蜜がとろとろと流れ、昇はありがたいものを授かったかのように大事そうに啜《すす》っている。

「じゅっ……ちゅるっ……ちゅっ……」

「あ、はぁっ、すごい、気持ちいい……気持ちいいよぅ！　んはぁっ、はぁぁん！」

大好きな人に抱かれる喜びを、咲はいま強く実感していた。

こんなに恥ずかしくてえっちな自分を見せられるのは、昇の前だけだ。どんなことでも受け入れられる……だから、もっともっと強く昇を感じさせてほしい。

「兄ちゃん……入れて……」

昇は顔を上げ、潤《うる》んだ咲の瞳を見た。

「お願い……恥ずかしいから、何度も言わせないで……」

昇に抱かれていることを、強く実感したいだけじゃなく……抑《おさ》えきれない自分の欲情をどうにかしてほしいのだ。激しく貫いて、めちゃくちゃにしてほしい。痛みを伴ったとしても、構わず強引に裂いてほしい……。

「じゃあ……いくぞ」

咲はうなずいた。

息を荒らげた昇が、手早くトランクスを脱いでそそり立ったペニスに手を添えた。そして咲の股に割り入り、割れ目を指で押し開く。

「んっ……」

やがて硬い先端が膣口《ちつこう》を探り当てると、そのまま腰を前方へと押し出した。

「いっ……た……ぃ」

もうじゅうぶんすぎるほど濡れているとはいえ、昇を迎え入れるのは容易なことではなかった。無理な力が加わり、めきめきと肉壁が裂かれているのがわかる。

「あぁ……狭いっ……」

切なげな声を出しながら、昇はさらに奥へと腰を沈める。想像を絶する痛みに、咲はぼろぼろと涙を流しながら畳《たたみ》に爪を立てた。

痛い。痛くて頭がおかしくなりそうだ。でも、これが兄ちゃんと結ばれるための試練なら、あたしはどんなことだってガマンできる……。

咲の健気《けなげ》な決意は固く、みりみりと埋まっていくペニスをさらなる最深部に誘うようにして、ほんの少し腰を上げた。角度がよかったのか、ずるっとした感触の後に咲の股間と昇の股間とが、ぴったりと密着した。

「あぁ……」

今度は痛みではなく、純粋な喜びの涙が咲の頬を伝った。やっとひとつになれたのだ。

「やばい……あまりにもキツいから、耐えられそうにないよ」

「ダメだよ……ずっとずっと、兄ちゃんとこうしていたいもん……」

熱い吐息を漏らしながら微笑んだ。咲のあそこはペニスでぱんぱんに膨れあがり、まだ切り裂かれそうな痛みを抱えていたが、それでも幸せで胸がいっぱいだった。

「よし……じゃあ咲、上に乗ってみろ」

「え？」

言うやいなや、昇は咲の上半身を起こし、騎乗位《きじょうい》の体勢を取った。咲は自分の身体の重みで、より深くペニスが突き刺さる痛みに顔をしかめる。

「痛いのが落ち着いたら、少しずつ動いてみて」

……そう言われても、この体勢だと昇から全身が丸見えで、恥ずかしくて腰を動かすことなどできない。

「やだ……見ないで」

「だめだ。見ててやるから、自分でちゃんと腰を動かしてみろ」

咲は異論を唱《とな》えたかったが、完全にイニシアティブを取られている状態なので抵抗できない。仕方なく、ゆっくりと腰を上下に動かしてみる。

「……んぁ……あ……」

自分でコントロールできるぶん、もう痛みはあまり感じなくなっていた。左右に揺れてみたりひねりあげてみたりとさまざまな動きを加えてみてから、やはりクリトリスをこすりつけるようにして前後に動くのが一番気持ちいいという結論に達する。

「どうだ？　気持ちよくなってきたみたいだな」

「いじわるだよ、兄ちゃん……」

昔から、他の子たちに比べて自分に対する扱いがいじわるなように思っていた。でもいまでは、そんないじわるによってさらなる劣情を呼び起こされてしまう。

くちゅ、くちゅ、と陰部から愛液の溢れる音がする。あまり実感はないのに、自分の身体は勝手にいやらしい蜜を製造してしまうのが不思議でならない。

気づいたら、咲は豊かな乳房を揺らしながら激しく上下に腰を揺らしていた。昇もまた動きに同調するように、ずん、ずんとペニスで貫く。

「あ、んん、はぁっ……入ってるっ……おっきいのが入ってるっ……！」

「かわいいよ、咲……」

ギシ、ギシ、と畳がきしむほど、咲は飛び上がるようにして腰を振り続けた。腰が上がるたびに膣がきゅっと締まり、下りると同時にぬちょっとペニスを包み込む。

「あ……はんっ……はぁ、ふぁっ、いい、気持ちいいっ……！」

「ま、待て……咲……」

待てと言われても、咲は自分自身を制御することなど不可能だった。積年の思いがようやく昇華される喜びに我を忘れ、盛りを迎えた獣《けもの》のごとく腰を振る。

「兄ちゃん……あ……なんか……ああっ……はあああぁぁぁっ！」

「咲……咲……うぅぅ！」

背中を仰け反らせ、咲が絶頂を味わったと同時に……昇も果てた。

ドクドクと、膣の中でペニスが鼓動を打っていた。咲は絶頂からゆるりと落ちていく感覚に浸りながら、そのまま昇の上に倒れていく。

「はあぁ……。えへへ、イッちゃった……」

「……普段は子供みたいなのに、いやらしいヤツだなあ」

咲はなんだか嬉しくなって、布団をかぶりながらむぎゅっと昇の胸にしがみついた。

えへへ。兄ちゃん、もうこれからは子供なんて言わせないんだから。

だって、あたしは女になったんだよ……？

――しかし、余韻《よいん》を楽しんでいた咲と昇は、次の瞬間信じられないものを見た。

「……あれぇ、咲ちゃんどーしてここにいるのぉー？」

災害は、忘れた頃にやってくる……。

先人たちの残した教訓を、咲は痛いほど実感した。実感などしたくなかったのに！

「ひゃあああっ！」

突然ガラっとドアが開き、パジャマ姿の楓花と由香里がばたばたと部屋に入ってきたのを見て、咲はとっさに布団にもぐる。しかし、なにもかもがもう遅かった。

「あれぇ、咲ちゃん、ずゆいー！　ゆかりもにぃにぃと一緒におねんねしたいー！」

「ま、待て待て待て！　ちょっとそこで待っててくれ！」

昇が必死の抵抗を試みるが、ふたりは構わずに布団の中へと乱入しようとする。

「あぁ～咲ちゃん、せくしーだよっ！　パジャマなくしちゃったの～？」

「そ、そうそうそうなの！　だ、だからちょっと捜しにいってくるね！」

咲はパニクりながら、ちらばった制服をかき集めて身体を隠した。咲が布団から出たのをいいことに、楓花と由香里は全裸の昇に襲いかかっている。

「にぃにぃ～、ゆかりもだっこぉ～」

「やーん、楓花が先だよ！」

「さ、咲、助けてくれ！」

救いを求める声を背中で聞きながら、咲は忍び足で部屋から出るとドアを閉める。

……はぁ、あのふたりが一番のライバルかもしれないなぁ。

そんなことを思いながら、咲は廊下を足早に駆けていくのだった。

第三話　―由香里―　桃色妄想症候群

ちっちゃな胸。ちっちゃなお尻《しり》。

なによりもニクイのは、このちっちゃな背丈《せたけ》！

由香里はご機嫌ナナメだった。どうして楓花はあんなに胸が大きいのに、自分はちょびっとしかないのだろう。

不公平だ。神様って、実はものすごいケチんぼだ。

綾乃は「あと誕生日《たんじょうび》を三回くらい迎えたら、由香里ちゃんもきっとボインになるよ」と言うけれど……いまおっぱいが大きくなきゃ意味がないのに、と思ってしまう。

神様、サンタクロースさん。誕生日にはおっきいおっぱいをください。あとクリスマスには、ふわふわのお尻をくださいね。

そしたら、にぃにぃのお嫁さんになれるんだから……。


むぎゅっ。

——いきなり由香里に胸を掴《つか》まれた綾乃は、ひゃああと飛び上がった。

「な、なにするんだよ、由香里ちゃん！」

「にゅにゅにゅ……」

それは、夕食後に夕映荘のメンバーがリビングでくつろいでいるときだった。

気むずかしそうな顔をした由香里が、立ち上がって綾乃の隣に座ったかと思うと、突然そのような行動に出たのだ。

あやのちゃんって、背はおっきいけど……胸はフツウみたい……。

なにごともすぐ顔に出る性格なので、綾乃はすぐにその心境を察知してむっつりと眉《まゆ》を怒《いか》らせた。「まあ、子供のやることだよね」と強がりを言いつつ、テレビを見やる。

「どうしたの……？　由香里ちゃん」

ソファーで雑誌を読んでいた乙女が、のっそりと声をかけた。由香里はすかさず、白いワンピースに隠されたその胸元を盗み見る。

うにゅぅ……おとめちゃん、けっこう大きいんだ……。

「ね～、おとめちゃん。おっぱいってどうやったら大きくなるのぉ？」

「ぶはっ!!」

テーブルで味噌汁《みそしる》を飲んでいた昇が、思わず具を噴き出した。近くにいた小春が、慌ててティッシュを探す。

「はっはっは～。由香里ちゃん、そういうことは小夏お姉ちゃんに聞かんとな！　ええか、女の子のおっぱいはなあ、男のひとに……って、いったぁぁぁっ！」

「小夏、余計なこと言わないでいいよ」

小春が頬《ほお》を赤らめながら、小夏の頭をティッシュの箱で殴る。

「男のひとに……なぁに？」

好奇心いっぱいの顔で、由香里は催促《さいそく》した。

「……男のひとに、揉《も》んでもらうのよ……」

「お……乙女ちゃんったら！」

しれっとした顔で乙女がつぶやくので、小春は青ざめた様子で顔に手をやった。赤くなったり青くなったり、実に忙しそうである。

「え～、じゃあにぃにぃにに揉んでもらえばおっきくなるかなぁ～」

気まずい空気が部屋中に充満した。倭はそそくさと食器を洗い始め、若葉は柔軟体操を開始し、綾乃はテレビのチャンネルを回し始めている。

「由香里ちゃん、それはちょっと手近すぎるんやないかなぁ～。……まぁまぁ、それより楽しい修学旅行の話をしよか！　では、満場一致ということで、行き先は沖苗ということで決定！」

「小夏、勝手に決定事項にするなよ」

会話の流れが変わったので、綾乃は安心したように話に入ってきた。

「なんでー？　綾乃ねーちゃんやって沖苗派やろ？　小春もそうやし、あとは……」

がくん、と小夏が肩を落とす。

「あかん。多数決で負けてまう」

「だから言ってるじゃん！　咲は手強《てごわ》いぞぉ。アイツの東京行きの意志はそうとう固いみたいだからな」

「ぬぬぬ……じゃあ奥の手や。かんな口説き落とそ」

「えっ、かんな？　そりゃあ……ちと難しいんじゃないの？」

綾乃は遠い目をしながら、ふぅとため息をつく。

「んなことあらへんがな。かんなやて、好きでずーっと引きこもってるわけやなかろうし、沖苗行けば悩みもぱーっと吹き飛ぶかもわからへん」

「まあねー。少しは気分転換にもなるだろうし」

「なあ、由香里ちゃんも修学旅行楽しみやろ？」

急に話を振られて、由香里はきょとんと小夏の顔を見上げた。

「うーん。ゆかり、もう一回文化祭やりたいの」

「あー、由香里ちゃんはあの猫耳《ねこみみ》メイド服気に入ってたなあ。でもな、由香里ちゃんかて沖苗行きたいやろ？」

「ううん、ネズミーシーがいい」

小夏はがっかりといった様子で、由香里の肩にぽんと手を置いてからしぶしぶ部屋へと戻っていった。

「……小夏もしぶといなあ。そんなに沖苗に行きたいのかな」

昇がテーブルに肘《ひじ》をついて、そうぼやく。

「にぃにぃもネズミーシー行くでしょぉ？　ゆかりね、にぃにぃとスプラッターマウンテンに乗りたいのぉ。ね、いいでしょ～？」

「……ああー、俺《おれ》は行けるかどうか、まだよくわかんないよ」

「へっ……」

——ガーン。

由香里は、いきなり奈落へと真っ逆さまに突き落とされた気分になった。

昇との初デートは、ネズミーシーと決めていたのに。一緒に写真を撮《と》って、キャラメルポップコーンを食べて、スプラッターマウンテンに乗ると決めていたのに！

「なんでぇ？　にぃにぃ、ゆかりのことキライなの……？」

「ち、違う！　そうじゃないよ！　まあ、大人《おとな》の事情ってヤツだ。さあ由香里ちゃん、もう遅いからそろそろ寝ないとな」

おろおろしたように、昇はさっと席を立ち上がった。

……にぃにぃ、やっぱりゆかりのことキライなんだ。

前に言ってたもん。にぃにぃは、おっぱいのおっきい女の子が好きだって。

ゆかりはおっぱいが小さいから、お嫁さんにしてくれないんだーーーっ！

「兄さま、お風呂《ふろ》の用意ができましたのでお先にどうぞ」

悶々《もんもん》と由香里が思いつめていると、頭上で倭が昇に声をかけた。

「ちょっと残ってる仕事をやらなきゃいけないから、みんな先に入っててていいよ。俺はいちばん最後に入る」

ぽんぽん、と昇は由香里の頭を軽く叩《たた》き、そのまま二階へと上がっていってしまった。

「じゃあ、由香里ちゃんお先に入られてはいかがですか？」

「……ゆかりも、後で入る」

そう言って、由香里はてけてけと階段へ向かった。

いいもん。それならいいもん。

……おっぱいをおっきくしてもらえばいいだけだもん！


——午前0時。

由香里と楓花は、昇の部屋でいつものように一緒の布団《ふとん》に入っていた。

昇は机《つくえ》でなにか書き物をしているようだったが、やがてタンスから着替えなどを手に取り、ふたりを起こさないようにゆっくりと電気を消して、部屋を出る。

由香里は静かに起きあがり、寝息を立てている楓花に毛布をかけ、立ち上がった。

部屋のドアを開けると廊下《ろうか》は真っ暗で、ほんの少しだけ決心が揺らぎそうになった。でも、怖《こわ》がっていたら自分は昇のお嫁さんにはなれない。そんな見当はずれな思いが、由香里を廊下へと一歩踏み出させたのだった。

夕映荘のみんなはすでに寝静まったようで、以前のように夜中につまみ食いが見つかって倭に怒られるようなことはないだろうと由香里は思った。

忍び足で風呂場の前に到着する。そっとドアに耳を近づけると、シャワーの音が聞こえてきた。

やったぁ！　にぃにぃと一緒にお風呂に入れるチャンス！

ウキウキしながらドアを開け、するりと中に侵入する。待ちきれないように素早く服を脱ぎ、ぽいぽいと脱衣所のカゴに入れた。タオルを持ってくるのは忘れてしまったけど、後で昇に借りてしまおう。それで、お姫様《ひめさま》抱っこでお部屋に連れてってもらうんだ。

もくもくと湯気で曇るガラス戸をそっと開け、由香里は一歩踏み出した。

「にぃにぃ♪　お背中流しまぁ～す」

「のわあああああっ！」

――スポンジを泡立《あわだ》てていた昇は、驚きのあまり風呂椅子《いす》から落ち、お尻を思いっきりタイルに打ちつけた。

「由香里……ちゃんっ！」

「やん、ゆかりのスポンジで洗うのぉ。そっちはナイナイするのぉ」

はわわ、と昇は後ずさる。文字通りすっぽんぽんの由香里が、胸もお尻もあの部分も隠そうとはせず、少女の肢体《したい》を晒《さら》したまま現れたのだ。

第三話　—由香里—　桃色妄想症候群

「由香里ちゃん……いい子だから、ちょっと外で待っててくれるかな。に、にぃにぃはもう出るところだから……」

「やーだ！　一緒にお風呂に入るのーっ！」

言い出したら聞かないのは、子供の特性である。由香里は滑り込むようにして昇からスポンジを奪うと、ぴったりと抱きついた。

「わぁっ！　だ、だめだだめだだめだー！」

由香里は構わず、スポンジで昇の背中をこする。

……もう、にぃにぃったら。昔はよく一緒にお風呂に入ってくれたのに、最近はぜんぜん冷たいんだから～！

「えへへ、どこかかゆいところはございませんか～？」

「な、ないよないよ。ぜんぜん大丈夫だから！」

背中から胸板へとスポンジを移動させ、しゅわしゅわと撫《な》でまくる。小さい頃《ころ》のことを思い出した。よくお父さんの背中、流したっけ……。

「では、くすぐったいところはございませんか？」

「……いや、もう全部くすぐったいっていうかぁ！」

「ふぇえ……ゆかり、あんまり上手《じょうず》じゃないの？」

「いやいやいや、そういうワケじゃなくって……ふわわぁっ！」

第三話　―由香里―　桃色妄想症候群

ガラガラガラッ！

風呂場のドアが開く音がして、由香里はぱっと顔を上げた。

もくもくと立ちこめる湯気の向こう……最初は咲かと思って、ぎゅっと目をつぶった。

ただでさえ毎日昇と一緒に寝ていることに対して怒っているようなのに、これ以上叱《しか》られる要素を増やしたくない。

そう思ったのだが……だんだん湯気が減ってきて、ようやくその人物の輪郭《りんかく》が見えた。

「楓花！」

由香里と同じく、素っ裸で現れた楓花は、ふたりの姿を見るとわずかにほっぺたを膨らました。

「ふたりともずる〜い！　楓花が寝ているスキに一緒にお風呂入るなんて〜」

そう言いながら、とてとてと走ってくる。由香里と昇はその豊満な乳房が揺れるのに気を取られ……足下にあった石けんにまでは、気づかなかった。

「わあああああっ！」

まんまと石けんを踏んだ楓花は、ずでーん！と景気よくすっ転ぶ。

「楓花っ！　大丈夫か！」

度重なる災難に、昇は頭を抱えながらそばに近寄った。

「いてててて……」

ぺろりと舌を出し、楓花は気まずそうに笑った。しかし……ぱっかりと脚《あし》が開かれ、割れ目の中身までばっちりと覗《のぞ》いている。

「楓花、脚を閉じなさい！　嫁入り前の娘が、そ、そんな格好を……」

「ふうかちゃん、ごめんね。起こしちゃいけないと思って……」

「いいよぉ。でもー、今度一緒に入るときは誘ってね！」

「うん！」

きらきらと瞳《ひとみ》を輝かせて友情を確かめ合うふたりを、さめざめとしたまなざしで昇は眺めている。

「キミらが仲良しなのはわかったから、とりあえず風呂から出てくれないかなあ」

「だめだよ～。楓花が背中流してあげる！」

「背中はゆかりの係なのぉ。ふうかちゃんはお腹《なか》を洗ってあげて～」

「うーん、わかったー」

　ふたりは申し合わせるように顔を見合わせ、同時に昇へと飛びかかった。

「のわあああああっ」

　由香里ひとりならまだしも、楓花までかかってこられると昇も抵抗が難しい。たちまち楓花にマウントポジションを取られ、自由を奪われてしまうのだった。

「じゃあ、お腹を洗いまーす！　ふっふふ〜ん」

　鼻歌混じりに、楓花はボディシャンプーを手に取った。そしてねっとりと昇の腹にこすりつける。

「やめっ、ひゃあっ」

　さらに足下では、ゆかりが丹念に指の一本一本を洗っていた。傍《はた》から見たら「高級お風呂屋さん」といった光景である。

「……あー、あにのおちんちん、はっけーん！」

　昇はぎょっとして上半身を起こした。見れば、楓花の大きな乳房に挟まるようにして、自分のペニスが天井を向いていたのである。

「楓花、いい子だからね、そこをどいてくれ！」

「だーめー。ちゃんと洗わないとお病気になってしまうのら」

「なあにー？　ゆかりも見たいのぉ」

　ひょいっと楓花の背後から、由香里は顔を覗かせた。

……かめさん？

第一印象はそうだった。確か自分の父親にも同じようなものがついていたような気がするのだが、果たしてこんなに大きかっただろうか……なにぶん記憶が曖昧《あいまい》で、いまいちはっきりとは思い出せない。

「うっ……うわっ……！」

楓花はさらにボディシャンプーを押し出し、ペニスを乳房に挟んだままぴちゃぴちゃと先端を洗い始めた。ぬるぬるするのと柔らかいのとで、はち切れんばかりに怒張してしまう。

「楓花……だめだ……」

「すごーい。あに、手品みたいだよ～。どんどんおっきくなってるぅ」

無邪気そうに楓花は喜んでみせた。亀頭《きとう》が赤く充血するのが楽しいのか、尿道《にょうどう》付近をちろちろと指の腹でいじってた。

……え？　え？　おっきくなるの？

由香里の頭の中で、クエスチョンマークが炸裂《さくれつ》した。なんで？　おっきくなるとどうなるの？

「ちゃんとすみずみまで洗ってあげましょうね～」

そう言いながら、楓花はペニスの幹を握り、上下に動かした。その瞬間、昇の全身がびくびくと痙攣《けいれん》する。

「……ううっ！」

「わっ！」

……びゅびゅっ、びゅびゅびゅびゅ！

それは紛れもない、正真正銘《しょうしんしょうめい》の射精だった。昇は不覚にも、楓花のローションプレイで絶頂に達してしまったのだった。

さすがの楓花も、驚いて昇から飛び退いた。そのあどけない顔に付着した白い液《えき》が、ぽたぽたと雫《しずく》を垂《た》らしている。

「わーわーわー、なにこれ！　ねば～ってしてる……」

「ふうかちゃん……それ、ボディシャンプーなの？」

あっけにとられた由香里は、疑問をそのまま口に出してみた。だって……まさかおちんちんの先からそんなものが出るわけがない。

「違うよぉ。あにのおちんちんから出てきたんだよ」

「うそだぁ……そんなのおかしいよぉ」

由香里と楓花は、じろりと昇を見やった。

「お、おまえたち……おまえたちが悪いんだあああ」

昇は情けない顔つきで、さっと後ろを向いた。どうやらいたく男心を傷つけてしまったらしい。

「ねぇ……にぃにぃ、その白いのなあに？」

「なんでもないよ。なんでもないってことにしてくれ！」

「でも……」

どうにも腑《ふ》に落ちなくて、由香里は立ち上がった。そのとき……くらくらと目が回って、たったったと前につんのめる。

「由香里ちゃんっ？」

急に立ち上がったので、軽い貧血を起こしたのだろう。由香里は気持ちいい浮遊感を味わうと共に、昇の腕の中に沈んでいった。


由香里が目覚めたのは、それから三十分後のことだった。

昇の手によって部屋に運ばれたらしく、目が覚めたら濡《ぬ》れタオルを持った昇が自分を見下ろしていた。布団の中に入ってはいたが、すっぽんぽんのままである。

「……もう、あんなことしたら絶対にダメだぞ！　今度は咲や小夏と一緒に風呂に入ってもらいなさい」

「ごめんなさぁい……」

しゅんとして、由香里は鼻をすすった。風呂場に長時間いたのが災《わざわ》いしたのか、全身がなんだか熱っぽかった。

「でもねぇ、ゆかり、にぃにぃと一緒にお風呂に入りたかったの」

「まあ、その気持ちもわかるけど……」

「あとね、にぃにぃにおっぱいをおっきくしてもらいたかったの」

ぎょっと目を見開いて、昇は由香里を見た。

「はは……小夏や乙女の言うことを真に受けちゃダメだぞ。あんなの迷信……」

「だってぇ、にぃにぃはおっぱいちっちゃい子キライでしょ？　だからゆかりのこと、お嫁さんにしてくれないんでしょ？」

真剣な物言いに、昇はがっくりと疲弊《ひへい》する。なんと説明したらいいのか、考えあぐねている様子だ。

「由香里ちゃん……あのね、お嫁さんになるってのは、簡単なことじゃないんだよ」

「わかってるの！　結婚式挙《あ》げたり、新婚旅行に行ったり、新しいおうちを買ったりするんでしょ？」

言っていることはおおむね合っている。だからこそ昇は説明に困るのだ。

「それだけじゃないぞ。お互いを両親に紹介したり、家事ができるようにならないといけなかったり、あとは……」

「赤ちゃんをつくるんでしょ？」

そのものズバリだった。昇は頭を抱え、ううと呻《うめ》く。

「じゃあ、由香里ちゃんは赤ちゃんのつくり方を知っているのか？　知らないだろ？」

「わ、わかる……もん！」

むっとした顔つきで、由香里は起きあがった。

「ゆかりの……ここに、おちんちん入れるのっ！」

半ば逆ギレといった様子で、由香里は細い脚をぱかっと開いた。それはゆかりにとって、実に不明確な情報であったが……当てずっぽうでもなんでも、言い返さなければ気がすまなかったのだ。

「は、ははは」

乾いた笑い声で、昇は応戦する。

「は、入るわけないよ。由香里ちゃんはまだ小さいんだから、そんなの入るわけがない」

そう返され、由香里は少し不安になった。

やっぱりウソだったのかなぁ……でも前に、こなつちゃんたちがこそこそ話しているのを聞いてたのに。

それに……あんなにおっきいのは入らなくても、ゆかりの指ぐらいなら入るもん……。

「入るもん……にぃにぃのおちんちん、入るもん……」

由香里は涙をこぼしながら……自分の秘裂に、指をあてた。

「にぃにぃ、見てて……ほらぁ、入るよぉ……」

白魚のような細い指が、つるつるとした割れ目に侵入する。

真っ暗な部屋の中でも、縦《たて》スジからぬらりと光るものが昇の目からも確認できた。まさかそこまでするとは思わなかったので、昇の動きが一瞬……いや、時間にして一分ほど止まる。

「由香里ちゃ……ん」

恥ずかしいことをしているという自覚は由香里にもあった。以前、おしっこがどうやって出てくるのか気になった時期があり、鏡の前で脚を開いてみたことがあったのだ。だが、自分の身体《からだ》の一部だというのに、構造が複雑すぎて結局疑問は解決しなかった。

ただ……いまと同じように、指でいじってみたことはある。ただの好奇心からだったのだが、触るとくすぐったいのが不思議《ふしぎ》だった。ガマンしてずっと触っていると、だんだん気持ちよくなってきて……なぜかその先が不安に思えて、以来直《じか》には触れていない。

「……あ……っ」

いまでもくすぐったいことに変わりはなかった。しかし、昇に見られているという事実が、くすぐったいだけではない感情を呼び起こさせる。

ひゃ……ヘンな感じ……。ねちょねちょしてて、あったかい。

「にぃにぃ……ゆかり、もうおとなでしょ？　……ねえ、にぃにぃ」

昇の反応がないので、由香里はさらに脚を開いてみせた。静けさの中で、ぺちゃぺちゃという水っぽい音だけが流れている。

恥ずかしいよぉ。でも、にぃにぃにちゃんと見てもらわないと、お嫁さんにしてもらえないし……。

てらてら光る蜜壺《みつつぼ》の中を、由香里は必死にほじくった。一気に入れるのは痛そうなので、少しずつ少しずつ、慣らすようにして侵入をはかる。

「……はぁっ……ふぁぁっ……」

自分が甘ったるい声を出していることにも気づかず、由香里はその行為に熱中した。もはや昇に見せるためだけではなく、性への悦《よろこ》びの門を叩きかけていた。女のこの部分が男を引き寄せるという意味もわからないまま、ただただいけない遊びを繰り返す。

「あん……なんか溢《あふ》れてきてるよぉ……にぃにぃ、おもらししちゃったよぉ……」

「そ、それはおもらしじゃないんだよ。あの……女の子はそこをいじると、勝手に出てきちゃうもので……」

しどろもどろに説明する。だが、由香里のその部分からは目を離すことができない。

「にぃにぃ、ゆかりはおとなでしょぉ？　おねがい、おっぱいおっきくしてぇ」

涙ながらに哀願すると、昇はごくりと唾液《だえき》を飲み込んだ。まだ毛も生《は》え揃《そろ》っていない少女の秘部からは、青臭《あおくさ》く、なのに芳醇《ほうじゅん》な香りが漂ってくる。妖気《ようき》に誘われるようにして、昇はおずおずと由香里の乳房に手を伸ばした。

「……はぁん！」

長く自慰《じい》を続けて感度が上がったのか、由香里は乳首に触れられて飛び上がった。まるで感電したようにつま先がビリビリと痺《しび》れている。

「由香里ちゃん、やっぱり……」

「いやぁ！　にぃにぃずるいよぉ。このまえ、さきちゃんをハダカで抱っこしてたのにぃ！　なんでゆかりにはしてくれないの？」

「うっ」

急所を突かれ、昇は冷や汗を拭《ぬぐ》う。子供の記憶力はなかなか侮《あなど》れない。

「ゆかりもするの！　じゃないと、みんなに言っちゃうんだから～」

それはある意味脅迫にも近い言葉だった。いや、事実、脅迫だった。ただ由香里に悪気がないぶん、正攻法でこの問題を対処するのは非常に難しい。

「わかった、わかったから……由香里ちゃん、ちょっとおとなしくしててね」

昇は優《やさ》しく諭《さと》すと、再び由香里のささやかな乳房を手で包む。

大きさはないものの、肌のぷにぷにとした弾力は筆舌に尽くしがたいものがあった。成長過程にある少女の稀有《けう》な感触に、昇のペニスは知らず知らずのうちに硬くなっていく。

「にぃにぃ、両方触ってくれないとやなのぉ」

「はいはい……」

命令通りに、昇は両手で乳房を揉み込んだ。マシュマロの真ん中にある小さなさくらんぼが、ぴくんと反応して尖《とが》り、由香里の吐息もまた荒くなる。

「んふぅ……んんっ……」

由香里は割れ目いじりをやめようとはしなかった。それどころか、慣れたようにますます激しく蜜壺をかき回している。

「にぃにぃ〜、ゆかりなんだかおかしいのぉ……切なくなっちゃうよぉ……」

「おかしくないよ。気持ちいいのが当たり前なんだから」

そう言うと、由香里は安心したようにじゅぷじゅぷと指の出し入れを始めた。あまりに気持ちよくて、止めようにも止めることができない。ただ出し入れするだけでなく、第一関節を軽く曲げて肉ヒダをひっかけるような方法も取り入れてみる。

「あぁんっ！　にぃにぃ、やっぱりヘンだよぉ……おつゆがどんどん出てきちゃうのぉ」

未知なる異変に驚きながら、由香里はむずむずと腰を動かした。いまとなっては溢れる愛液のおかげで、人差し指の第二関節まではずっぽりと埋まるようになっていた。

「にぃにぃ、なんとかしてーっ！」

たまらなくなって、由香里は指を引き抜き、ぴょんと昇の膝《ひざ》に飛び乗った。抱っこされるようなかたちで向き合うと、由香里の股間《こかん》にパジャマ越しに昇のペニスがぴったりとくっついた。

「……あー、にぃにぃの、またおっきくなってるぅ」

「仕方ないだろ……由香里ちゃんがえっちな遊びを覚えるから」

「だって、にぃにぃがいけないの。由香里のあそこ、もうおとななのに……入らないなんて言うからぁ」

由香里はひょいと腰を浮かせ、昇のパジャマのズボンをずらし……トランクスから覗いた亀頭に触れた。

「あっ……」

「えへへ……もう入るもん。にぃにぃ……」

ぺろりと唇を舐《な》め、上目遣《うわめづか》いで由香里は昇を見上げた。

タガが外れたかのように、昇は由香里の身体を抱き上げ、割れ目の真ん中に自分のペニスをあてがった。そしてゆっくりと由香里の腰を沈めていく。

「ひっ……やっ……あぁん！」

それまで優しかった昇が急変したのを見て、由香里は戸惑う。自《みずか》ら誘っておきながら、本当に入れるの？という思いと共に、雄《おす》の本能をかいま見たようで、ついつい逃げ腰になってしまった。

「あん、痛いっ……！　にぃにぃ、痛いよぉ！」

局部と局部が実際に触れ合ってみると、あまりの大きさに由香里は身震いした。こんなの、指とはぜんぜん違う。壊れちゃうよ、にぃにぃ……！

「やだぁ……っ！　あぁぁっ！」

「大人をからかったバツだ。ほら、力を抜け」

「痛いっ……はあぁぁん！」

なんとか腰を引こうと試みるが、昇のペニスがそれ以上の力でせり上がり、ズンズンと谷間を犯されていく。まだ熟しきっていない秘裂はとても窮屈《きゅうくつ》で、気を失ってしまいそうな激痛が走った。

「力を抜かないと、もっと痛いぞ。深呼吸するんだ」

「ううっ……う……」

涙を喉《のど》に詰まらせ、半信半疑で深呼吸をしてみる。あいかわらず痛みはおさまらないが、身体の力が少し抜けてほんの少しだけ楽になった。

昇は、由香里をきつく抱きしめていた手を少しゆるめ、ほぐすようにして背中を撫でた。なんとか挿入《そうにゅう》は成功したのだ。

「うっ……うう……にぃにぃ、入ったの？」

「ああ、入ったよ。がんばったな」

昇に褒《ほ》められて、由香里はなんだか誇らしい気分になった。さっきは痛くてどうしようかと思ったけれど、いったん入ってしまえばそう騒ぐほどのことでもない。あらかじめじゅうぶんに指で感度を上げていたのがよかったのだろうか？

「にぃにぃ……おちんちんも動かすと気持ちよくなるの？」

「まあ、そうだなあ……」

「じゃあ、動かして。にぃにぃに気持ちよくなってもらいたいの……」

恥じらいながら由香里は言った。昇はそっと身体を抱きしめ、つぼみのような唇にキスをする。

「ん……ちゅ……」

舌を絡めながら、昇は徐々に腰をグラインドさせた。由香里は再発した痛みに肩をこわばらせたが、キスをしているだけでずいぶんと気持ちが安心する。

「んちゅ……ん……あっ……あたってる……奥にあたってるうっ！」

自分ですら知らなかった未開拓《みかいたく》の奥地に、昇が到達している事実。中がどうなっているかはわからないが、とても熱くてどろどろして、ぞわぞわと蠢《うごめ》いている。なにかが昇のペニスを歓迎するかのように、肉の波を揺らしている。

「……あぁん、にぃにぃ、もっとぉ、もっとぉ……！」

「由香里はワガママがすぎるな。あんまり焦るなって」

「だってぇ、ゆかり……嬉《うれ》しいよぅ……にぃにぃ……っ！」

もう痛みなどどうでもいい。誰《だれ》よりも近く、昇のそばにいる。

由香里は昇の存在を確かめるように、腰を動かした。自分の中で昇がびくびくと鼓動《こどう》を打っている。喜ばせたくて激しく上下した。何度も何度も、狂おしく……。

ぐちゅっ……ぐちゅっ……ぎゅっ……。

「あっ、はぁん、あぁっ、やぁっ……！」

じっくりと指で愛撫《あいぶ》していたこともあって、由香里は絶頂に昇りつめようとしていた。全身が急浮上し、繋《つな》ぎ合った性器だけに意識が集中する。

「由香里……もういくっ……！」

「あっ、だめぇ……あっ、にぃにぃ、あぁっ、ああぁぁっ！」

固く抱き合ったふたりは、同時に高みへと到達した。

由香里の中で、びゅびゅっと熱い精液が放出されるのを感じた。

……あぁ、さっきお風呂で見た白いのかなぁ。後でも

う一回見せてもらおう……そんなことを思いながら、由香里は深い眠りへと落ちていった。

「いやったあああ！　沖苗、けってーーーいっ！」

……なごやかな朝食風景が、小夏の絶叫によって中断される。

珍しくテーブルに勢揃いしていた夕映荘のメンバーは、迷惑そうな顔をして小夏を睨《にら》んだ。

「小夏ちゃん、なに言ってんの？　沖苗なんか行かないんだか……」

咲が言いかけると、小夏は得意げにピラリと一枚の紙を掲《かか》げる。

「……なにこれ」

「ふっふっふ！　聞いて驚くなよ～、これはなーんと、乙女ちゃんが商店街の福引きで当てた、『ご家族四名様、沖苗旅行ご招待』チケットなーのーだー！」

「……えええええええっ！」

キッチンにどよめきが走る。小夏の隣にいた乙女は、涼しげな顔でチケットを奪い取った。

「……私《わたし》と倭ちゃんも、これでみんなと沖苗に行けるわね……」

「えー、ちょっと待ってよ！　東京行きはどうなるのよ！」

「諦《あきら》めるしかないやん。咲やって、できればみんなと揃って修学旅行行きたいやろ？」

「まあ……そうだけど……」

「ほな、決まり！　今年は夕映荘メンバー揃ってバカンスよっ！」

「えへへ、じゃあにぃにぃにぃとゆかりの新婚旅行になるのね～！」

「……は？」

くるくると踊っていた小夏が、微妙な顔つきで由香里を振り返った。

「兄ちゃん……？」

咲は険しい目つきで、昇を睨む。

待て、子供の言うことだから、と必死に言い訳する昇に、由香里の一言がさらに追い打ちをかけた。

「ゆかりね、おとなの女になったのぉ！」

「……はあぁぁぁぁぁ？」

女たちの射るような視線に晒された昇は、なおのこと弁明を繰り返す。そんな光景を眺めながら、由香里の頭の中では、早くも昇とふたりでトロピカルジュースを飲んでいる絵がもくもくと浮かんでくるのだった。

第四話　——小夏——　イエロー・ハネムーン

青い海です！

まっさらなビーチです！

東洋のハワイ、沖苗ですっ！

「ねえ……なんか寒くない？」

沖苗空港に着いて、最初にそう愚痴《ぐち》ったのは、やはり咲だった。

無理もない。あれだけ東京行きを強く所望した咲としては、せめてお台場や原宿に代わるだけのエンターテインメントを期待してきたのに、だ。

いくら南の島とはいえ、時は十一月である。さすがに七月ぐらいのからっとした暑さは望めないとしても……どんよりとした曇り空では、泣くに泣けないというものだ。

「まあまあ、そう言いなさんな！　そのうち晴れるってもんや。な、一緒に祈ろ！」

「……あいにく、無神論者なんだよね」

ぷう、と頬《ほお》を膨らませて、咲はそっぽを向く。

——学園生活の、小夏的メインイベント……修学旅行である。

空港に降りた生徒たちはロビーに集まり、それぞれ引率の教師たちから日程の説明を受けていた。そして、小夏たち夕映荘グループの引率は……昇である。

「……俺《おれ》、なんでここにいるんだろうなあ……」

わけがわからないといった顔で立ちすくむ昇に、小夏がぽんと肩を叩《たた》く。

「実習期間が延びたなんて、ラッキーやないか！　タダで沖苗旅行できたんやで？　坂本《さかもと》先生に感謝感謝や！」

本来なら、修学旅行に行く前に昇の実習期間は終了しているはずだった。

……だが、坂本という教師が持病の再発で入院したことにより……急遽《きゅうきょ》実習期間が大幅に延長されることになったのだ。

「ラッキー……ねえ」

「そうそう、ラッキーや！　倭ちゃんも乙女ちゃんも輝ちゃんもこうやって旅行に参加できたことだし、それに……かんなもな」

名前を呼ばれて、輝とかんなはわずかに頬を染めた。

そう、輝は昇と会うようになってから、目に見えて体調がよくなっている。そしてかんなもまた……完全に心を開ききってはいないが、誘いに応じてくれただけでも大きな前進だ。

かんな自身はなにも語らないけれど、きっと本人もなにかきっかけを掴《つか》みたくて、沖苗行きを決意したのだろうと小夏は思った。

「なあ、かんなはどんな水着持ってきたん？　ビキニか？　それともセパレートか？」

「わ、私《わたし》は……泳がないから」

ひどく怯《おび》えたように、かんなはつぶやく。

「んなアホな！　小春なんてなぁ、スッゴイ水着持ってきてるんやで？　モロ見えやで？」

「小夏のバカ！　私のは普通だよ」

「はいはいはーい、ではみなさん、そろそろホテルに参りますよ」

投げやりな口調で昇は叫ぶ。そのとき……ものすごい勢いで走ってくる人間がいた。

「兄さん！」

聞き慣れた声に、小夏は振り向いた。そこにはハイビスカスの髪飾りをした、若葉が立っている。

「なんやねん！　なんで若葉がここにおるねん！」

「あら？　言ってなかったかしら。うちの学校も修学旅行は沖苗なのよ」

しれっとした顔で、若葉は答える。

「あれまあ、この小娘は！　なにも内緒にしとくことないやろ！」

「だって、たまには夕映荘から離れて優雅に過ごしたいじゃない？　……でも、まあいいわ。兄さんと一緒にバカンスできるなら、私も嬉《うれ》しいし」

若葉は昇の腕を取り、なれなれしく寄り添っている。

「はん！　……ちなみに、念のため聞いておくけど、ホテルはどこや」

「ブルーラグーンホテルだけど」

「あちゃ！　最悪！」

いててて、と小夏は脇腹《わきばら》を押さえた。よもや同じホテルに泊《と》まるなんて、ここまで来たら神様のイタズラとしか思えない。

「きゃあ！　もしかして兄さんも同じホテル？　やだ～、夜ばいしちゃおっかな」

「若葉、いいから自分の班《はん》に戻れよ。さっきから友達が呼んでるぞ」

「あら失礼。じゃあまたあとでね、みなさ～ん！」

ぴらぴら～と手を振りながら、若葉はグループの中に戻っていった。


……確かに天気は悪い。

しかし、そこには小夏の求めているものがすべてあった。

青い海。まっ白な砂浜。南国気分満点のプールサイド！

「ええやんええやん、このホテルめっちゃええやん！」

ホテルの部屋に着くなり、小夏は海側に面した窓を大きく開け放った。潮風と共に、雲間から覗《のぞ》く光が部屋の中を照らしている。

学園の指定するホテルなどに、最初は期待を抱いてはいなかったが、若い女性をターゲットにしているだけあって部屋の備品ひとつひとつまで心遣《こころづか》いが行き届いている。さらっとした生成《きな》りのファブリック類に、高級ブランドのアメニティー。アロマオイルを配合した石けんなど、小夏のハートを掴むのにじゅうぶんすぎるほどの演出がほどこされていた。

「やっぱり沖苗に来てよかったね。天気はちょっとあれだけど、室内プールもあるみたいだし」

小春がベッドの上で枕《まくら》を抱きしめながら言った。

「天気予報を観《み》たら、明日には晴れるらしいで。よかったなぁ小春、自慢の水着姿をアニキに見せるチャンスや！」

「……もう、別に私はあんちゃんとは」

「照れんでもええって。大事なうちの姉ちゃんのためや、一肌脱ごうやないの」

「だから、小夏の勘違いだってば……」

小春は反論するが、耳たぶまでもが真っ赤に染まっている。

「ま、そーゆーことにしとこ！　小春、とりあえず風呂《ふろ》行くで」

「え？　お風呂？」

「そーや。旅の疲れは洗い流さんとな！　この時間は誰《だれ》もいないだろーから、狙《ねら》い目《め》やで」

そう言って、小夏はそそくさとタオルを取り出し、部屋を出ていってしまう。

「あん、待ってよ小夏！」

小春はバッグを抱えて、小夏の後を追った。

小夏の思惑《おもわく》通り、日中の中途半端な時間に風呂に入ろうと思う人間はなかなかいないらしく、大浴場はふたりだけの貸し切り状態だった。

内風呂は泳げるくらい浴槽《よくそう》が広く、外風呂は定番の露天風呂である。

「……ふわぁ、いい気持ち。やっぱりお風呂は大きいのに限るよね」

「だから言ったやろ？　昼に入る風呂がまた贅沢《ぜいたく》なんや」

誰もいないのをいいことに、小夏はばしゃばしゃとバタ足をしながら横切った。

小春は水面に豊満な乳房を浮かべ、そんな小夏を微笑《ほほえ》ましそうに眺めている。

「ねえ、今日はこれからどこに行く？　基本的に自由行動なんだよね」

「そうやなぁ、倭ちゃんは市場に行きたい言うてたし、かんなはダチョウランドとかほざいておったなぁ……あとはショッピングだとか食べ歩きだとか、もうバラバラやわ。この寒空の下で、海に突撃しよう思う勇者はおら

んのか」

「それは小夏だけだよ……」

「あ、小春に朗報や。なんでもカップルで行くと永遠の愛を約束されるとかいう、恋人岬《こいびとみさき》があるんやって。アニキと一緒に行ったらどうや？」

ナイスアイデア、とばかりに小夏は指を鳴らす。

「もう……だったら小夏があんちゃんと行ったらいいじゃない」

「……なんでうちが？」

小夏は憮然《ぶぜん》とした表情で、問い返す。

「私に遠慮する必要なんかないんだよ。もしかして……小夏、昔夕映荘のみんなで取り決めた『抜け駆け禁止』っていう約束、守ってるつもりなの？」

「……はあ？　んなわけあらへんがな！」

『抜け駆け禁止』の掟《おきて》は、その昔昇が学生時代のときにみんなで決めたものだ。昇はみんなのものだから、独り占め《ひとじ》めは禁止。当時はそんなふうにして仲間内の均衡《きんこう》を保っていた。

「だったらいいけど……私たち、もうあの頃《ころ》みたいに子供じゃないんだよ。好きな人には正直な気持ちでありたいし、欲しかったら欲しいって言わなきゃダメなんだと思う。うかうかしてたら、幸せが逃げていっちゃうよ？」

小春が珍しく意見をはっきりと言うので、小夏はたじろいだ。

「わかってるわ……でも、うち別にアニキのことなんか」

「なんとも思ってないの？　……だったら、私が取っちゃうから」

小春の視線が、小夏の視線とぶつかった。

……小春、おかしいやん。いつもなら笑うところやん。なにマジになってんの。

「……なーんてね。ふふ、やっぱり小夏はあんちゃんのことが好きなんだね」

「だ、だから違う言うてんのに！　このー！」

小夏は小春にばしゃばしゃと湯をかけた。小春も負けじと応戦し、内風呂は大混乱となる。

「もうええわ！　うち、ちょっと外風呂のほう行ってくる！」

「私も行くよ。ひとりじゃ淋《さみ》しいでしょう？」

「んなワケあるかい！　……あ、ちなみに露天風呂は混浴らしいで」

「えっ！　やっぱり行かない。混浴なんて入ったことないもの」

「大丈夫大丈夫、誰もいないに決まってるやん！　ほな行くで！」

小夏はウキウキとした足取りで外風呂へと向かった。勢いよく飛び込みでもやったろか、と考えていたのだが、露天風呂の中に人影らしいものを見て躊躇《ちゅうちょ》する。

オヤジやったらイヤやな……キモそうなヤツだったら帰ろ。

そう思いながら、小夏は何気ないふりをして、人影に目をこらす。

「あれ……あ、アニキ⁉」

見慣れた髪型……そして横顔。肩幅に至るまで、どれひとつ取っても昇だった。

「よ、よぉ……あ、大丈夫だよ、おまえたちの裸は見てないから。うん、いまも見てないし」

「きゃあああああっ！」

小春が昇の声を聞いて、ダッシュで内風呂へと逃げていく。

「アニキ……うちらが中にいたこと、知ってたん？」

全裸のまま立ちすくむ小夏が詰問口調で尋ねると、昇は少し間をおいてから答えた。

「ああ……そこの上、窓開いてるから声が聞こえてきたんだよな……」

小夏は、さーっと血の気が引いていくような気がした。

うそっ！　じゃあさっきの話も、アニキ全部聞いておったんか！

「はは、ははは……」

「あはは、ははっ……」

小夏はしばらく笑った後、くるりと踵《きびす》を返して内風呂へと駆けだした。

「おい、小夏！　ま、待って……わあああっ！」

背後から、洗面器を大量にひっくり返したような音が聞こえてきたが、小夏は決して振り返らなかった。

……アニキのバカ！　う、うち、めっちゃ恥ずかしいやんか！

その日の夜、小夏はいつ何時《なんどき》も昇のことを意識してしまって、いつものようにうまく立ち回ることができなかった。

楓花に引っ張られて食べ歩きに行っても、美月にごねられて沖苗ヤモリ博物館を見物しても、常に昇のことが気になってしまって、得意のマシンガントークは不発に終わる一方だ。

これもすべて小春のせいだ。小春があんなこと言わずにいてくれたら、ずっと自分の気持ちを抑《おさ》え続けていくことができたのに……！

もやもやした気持ちで、ひとまずその日はおとなしくベッドに入ったが、もちろんなかなか寝つけない。いっそのこと、明日雨になってくれればこのまま眠っていられるのに。

小夏らしからぬネガティブな思考は、朝になるにつれてどんどん肥大していくのだった。

――快晴！である。

次の日、天気予報通りに沖苗全土は真夏並みの天気と気温に恵まれることになった。

寝不足の目に沖苗の日差しは強すぎる……小夏はふらふらになりながらも、小春と共にホテル前にあるビーチへと足を運んだ。

「おーい、小春ちゃん、小春ちゃーん！」

ぴっちりとしたビキニに身を包んだ楓花が、ぽよんぽよんと胸を揺らしながらふたりを呼んでいる。近くを通りかかった他校の男子生徒が、そんな楓花の姿を見てウッと前屈《まえかが》みに通り過ぎた。

「パラソルとデッキチェア借りて設置しといたよー！　早く早くぅ！」

「はいはい、わかったからジャンプすんな……」

照りつける太陽の光に目を細めながら、小夏はつぶやく。

「小夏、ここってけっこう穴場じゃない？　海はきれいだし砂浜も白いのに、あんまり混んでないね～！」

「そりゃ、こんな季節にわざわざ旅行に来るヤツも少ないやろ。今日は奇跡みたいなもんや」

小夏はまぶたの上に手をかざし、遠くに浮かぶ水平線を眺めた。

じりじりと肌を焼く熱が、いやがうえにも『バカンス』感を演出し、さっきまでの鬱屈《うっくつ》としていた気持ちが嘘《うそ》のように晴れ渡ってくる。

「おっしゃーーーー！　これやこれ、これを待っとったんじゃーっ！」

小夏は両手を挙《あ》げ、うおおおと走り出した。こうしちゃおれん！　さっさと泳がにゃソンや！

「……あ、小夏ちゃん。おはよう」

走る小夏に、パラソルの下にいた輝が声をかける。沖苗に来られたとはいえ、海水浴は禁止されているらしく、上着をはおったままちょこんとビーチマットの上に座っていた。

「退屈やないか？　せっかく水着を着とるのに、座ってるだけじゃ味気ないもんなあ」

「あ、そんなことないよ。膝《ひざ》ぐらいまでだったら入っても大丈夫だし。それに、後でかんなちゃんとグラスボートに乗ろうって約束したんだ。ね？　かんなちゃん」

隣で体育座りをしていたかんなが、こくりとうなずく。ふたりとも揃《そろ》いに揃って不健康なほど青白い肌をしているので、ビーチでは特に目立つ。

「グラスボートか……ええなあ。ほんならうちも後で行こうかな」

「うん、そうしようよ。乙女ちゃんと倭ちゃんは、体験ダイビングするって言ってたよ」

あのインドア派の代表格みたいなふたりが、ダイビングとは！

小夏は乙女のウェットスーツ姿を想像した。あかん……なんか海女《あま》さんみたいやな。

「ところで……アニキは？」

小夏はさりげなく尋ねた。さっきから姿を見せないので、気になっていたのだ。

「お兄ちゃんは、由香里ちゃんと咲ちゃんと一緒にソフトクリーム買いにいったよ。ゴーヤ味のがあるらしいから、買ってきてくれるって」

「はあ……ソフトクリームねえ」

ノンキなものだ、と小夏はため息をつく。

だんだんアホらしくなってきた。なんで、なんでうちがアニキのことばっか考えなきゃあかんのや！

うち、別に男に不自由してるワケやないし。……まあ、いまはたまたま彼氏がいないだけや。そりゃ、昔はちょっとはアニキのこと好きだった時期があったかもしれん。でも、そんなの子供の頃の話やし……。

なにより、アニキは小春の好きな人だから。

うちがいまさらしゃしゃり出るワケにも、いかんのや……。

「小夏ちゃ〜ん、早く泳ぎにいこうよ〜」

ほんの少しだけ小夏がブルーになっていると、ぷるんぷるんと胸を上下させた楓花が脳天気に走ってきた。

「綾乃ちゃんなんか、とっくに沖のほうまで泳いでいっちゃったよ。さっすが綾乃ちゃんだよね、ジョーズと戦ってくるって〜」

「アホゥ、なに簡単に騙《だま》されとるんや。……あ、そうだ楓花。ちょっと耳かしてみい」

「……へ？」

小夏は楓花の肩に手を回し、こそこそと耳打ちをした。

いま思いついた、とっておきの作戦。

南国ボケしたアニキの鼻をあかす、小夏流『ドッキリ大作戦』や！

「……ええな、うちがここに寝てるから、楓花はアニキを呼びにいく。めっちゃ泣きそうな顔して呼ぶんやで？　わかったな？」

「でもぉ……あにを騙すなんて、ちょっとかわいそくない？」

「ええねんええねん！　そや、言うこと聞いてくれたらソフトクリームおごるで。食べたがってたやろ？　沖苗限定ゴーヤソフト」

「わかった。行ってくる！」

楓花は鼻息を荒くして即答すると、ひらりと岩を飛び越えて走っていった。

……よしよし、これで作戦はバッチリだ。

ひと気のないプライベートビーチで、調子に乗って泳ぐ小夏は、うっかり足がつって溺《おぼ》れてしまう。それを目撃した楓花が大急ぎで助けを呼び、顔面蒼白《がんめんそうはく》で走ってくる昇……。くだらないといえばくだらない作戦だった。だからどうしたと言われれば返す言葉もないが、小夏としてはなんとしてでも昇の気を惹《ひ》きた……いや、ちょっと驚かせてみたかったのだ。

そうと決まったら、さっそく砂浜に寝そべって気を失っているふりをする。他人に見られたら本気で溺れた人だと勘違いされるから、ちょっと岩陰《いわかげ》に隠れておいたほうがいいか……。

「……小夏！」

昇の声だった。うわ、はやっ！　小夏は大あわてで目をつぶり、苦しそうな顔をつくるのに専念した。

「小夏、大丈夫か！　小夏！」

「うぅ……」

小夏の肩に昇の手が触れた。アニキの手……けっこう大きいんやな。そんなことを思いながら小さく呻《うめ》く。

ひひひ。大成功やん。アニキ、めっちゃうろたえてるで！

「小夏！　……小夏！」

昇の声が、だんだん悲愴《ひそう》なものに変わっていく。

……で、どうしよ。

小夏自身も不安になってきた。まさかここまで心配されると思っていなかったし、ぺちぺちと頬でも叩かれ、「起きろ、小夏」の一言ぐらいで終わるだろうと考えていたのに。

しまった。……なんか、目を覚ますタイミングを失っ

てしもうたやないか。

「おい、小夏！　……いま助けるからな！」

ふいに、昇の指が小夏の鼻をつまんだ。

……ぬう、失礼な！　女の子の鼻なんかつまみよって、これでうちのこと起こす作戦やな。ホントに死んだらどないすんねん！　……って、あれ？

鼻をつままれたかと思うと、小夏は自分の唇になにかがあたるのを感じた。ぶよぶよしてて、なまあたたかくて、少し湿った……唇の、ようなもの。

えっ？　えっ？　これってもしかして、人工呼吸!?

「ひあああああっ！」

解答に行き着いた小夏は、演技も忘れて飛び上がった。

いきなり小夏が目覚めるので、昇もまた呆然《ぼうぜん》とする。どう見ても溺れていた人間が意識を取り戻したふうでもないリアクションに、だんだんと表情が険しくなっていった。

「小夏……おまえ、起きてたのか？」

「えっ……」

しまった、バレた！

だって、いきなりキスされるなんて思わなかったんや！

「あの、えっと……」

「まさか……俺のこと、騙したわけじゃないだろうな？」

……ふたりの間に、気まずい沈黙が流れる。

やばい。めちゃくちゃ怒っている。小夏はなんとか気の利《き》いたセリフを出せないかと考えた。……無理だ。なにも出てこない。ボキャブラリーの豊富さだけが自分の取り柄だったのに！

「び、ビンゴ」

さんざん考えに考えを重ねた結果、口にした言葉はこれだった。ひねりのかけらもない、品性ゼロの発言に自分で自分がイヤになる。

……ばちん！

にやにやと苦笑《にがわら》いを続けていた小夏の頬が、鋭い痛みを覚えた。驚いて顔を上げると、怒りのあまり唇を震わせている昇が自分を見下ろしていた。

「本気で心配したんだぞ、このバカ！」

「……アニキ」

小夏は頬を押さえ、昇の目を見つめる。

涙が出そうになった。怒られたことが怖《こわ》いんじゃなくて……自分が許せなかった。おもしろ半分に、昇の良心に暴力を振るってしまったのだ……。

「ごめん……アニキが来たら、すぐに起きようと思ったんや。だけど、なんかタイミングはずしてもうて」

昇は黙っている。

「ほんまにごめん！　これ、全部うちが考えたことなんや。だから楓花は叱《しか》らないでやって……」

「ああ。……ていうか小夏、今度やるときはもっと心臓にいい方法を考えてくれよ」

昇は呆《あき》れ果てたようにぽりぽりと頭をかいた。

「おまえはなー、たまにガキみたいなことするからな。楓花や由香里ちゃんのほうがよっぽど精神年齢が上だぞ」

「ん……んなことあらへん！　そりゃ、さっきのはちょっとガキっぽいイタズラだったかもしれないけど」

「ガキっぽいんじゃなくて、ガキそのものなの」

ははは、と昇は声をあげて笑った。怒りはもうおさまったのだろうか？

「まあ、なんにせよいい思い出になりそうだよ。そういう意味では感謝だな」

冗談めかして昇がにやにやと言う。それがさきほどの人工呼吸を指しているのだと気づくのに、数秒ほどの時間を要した。

「あ、アニキ……頼むわ、さっきのキス……小春には言わんといて！」

両手をぴっちりと合わせて、小夏は頼み込む。

「キスじゃなくて、人工呼吸だろ。意味が違うよ」

昇にとって意味は異なっても、小夏にしてみれば一緒なのだ。

初めてのキスだった。たとえ昇にとってはただの救命作業だったとしても……本当は嬉しかった。

だからこそ、小春には言えない。欺《あざむ》くことになっても、知られないほうがいい。

「それでも……言わんといて。小春、きっとアニキのこと好きやと思うし」

「は？」

間抜け面で昇が聞き返す。

「アニキやって、小春みたいな子好きやろ？　おっぱいも大きいし、料理もできるし、カワイイし、お嫁さん候補ナンバーワンみたいな子やで？　うち、なんで小春と双子《ふたご》なんかワケわからへん。きっと橋の下で拾われてきたんやろな」

「いや、それはどうかと……」

「……そうに決まっとる！　うちは料理もまともにできないし、口は悪いし最悪やんか。おまけに精神年齢が三歳並みときた！　それだけやないで、極めつけは貧乳！　よぉ洗えるでー、この洗濯板《せんたくいた》は！」

「俺はそこまで言ってないぞ……」

「ウソや！　心の中ではそう思っとるやろ！」

昇はなにも返事をしなかった。やっぱり図星か！　そう思った小夏は、急激に頭に血が上っていくのを感じた。この憤《いきどお》りをどこかにぶつけたくて、でもぶつける場所がなくて……唐突に、ビキニのリボンに手をかけた。

「アタマは三歳児でもなぁ、身体《からだ》は大人《おとな》なんやで！　よう見てみぃっ！」

「……や、やめろ、小夏！」

昇が制するのも聞かず、小夏はカーッとなってその場で水着を脱ぎだした。……別にいまさら見られたってどうってことないわ！　もう何度も見られてるんやし！

足首から水着を引き抜き、砂浜に叩きつける。たちまち昇の目に、小夏のしなやかな裸体が映った。

「な、なななにを……」

「どや！　これでも子供かいな！　なんなら触ってもええで！」

小夏は昇の手を取り、ぎゅっと自分の胸に押し当てさせた。昇は手をふりほどこうとするが、小夏の凄《すご》みに負けてなすがままになっている。

「これでもガキっていうんかいな！　言うてみぃ！」

昇の手の中にあるのは、子供のものとは言い難いほどの柔らかな物体だった。小春や楓花たちほど大きさはないが、乳首がツンと上を向いてきれいなお碗型《わんがた》をしている。

「こ、子供じゃないよ……小夏は」

「そうやろ？　……アニキだって、うちの裸見たら、ちょっとは感じてくれるんやろ？」

昇はごくりと唾を飲み込んだ。いままで何度か、ふとした拍子で小夏の全裸を目撃したことはある。だが、こうやって直《じか》に触ったことなど、もちろんない。

小夏の鼓動《こどう》と、昇の鼓動とが重なり合った。危《あや》うく保たれていた均衡が……いまにも崩れそうになる。

「……ごめん、うち、なにやってんのやろ。は、はは、これじゃ露出狂みたいやな」

小夏はうつむいて、昇の手を離した。いまさら恥ずかしくなったのか、乳房と股間《こかん》をどうにか手で隠そうとする。

「こんなんだから、いつまで経《た》っても大人になれないんや。アニキだって……こんな女に好かれたら困るやろ？　めっちゃ迷惑やろ？」

いままで見たこともない、弱気な小夏の姿だった。いつもはひまわりのような明るさしか見たことがなかったのに……いまでは太陽に背を向け、憂《うれ》いを帯びたまなざしで頭を垂《た》れている。

「そんなことない……小夏はいい女だよ。こんなに成長して……」

昇は、小夏の手をどけて……再び乳房に指を置いた。

「あっ……」

びくんと肩を揺らし、小夏は目を閉じた。昇の無骨な指が円を描き、やがて乳首の上で止まる。

小夏を抱き寄せるようにして、もう片方の手で白く露《あら》わになった尻《しり》を撫《な》でた。太陽の光を浴びて、肌の表面はじっとりとした汗で湿っている。

「アニキ……」

「自分を誰かと比べたり、卑屈《ひくつ》になったりするな。おまえがしたいようにしないと、幸せも逃げていっちゃうぞ」

……それ、小春にも言われたよ。

小夏は昇の肩に顎《あご》を乗せた。

自分がしたかったこと……？

こうやって、昇に抱きしめられることだ。

「アニキは、うちのこと……抱きたいと思う？」

「……おまえは聞きにくいことをズバリ言うなあ。そりゃ、俺も男だから……」

「それなら……」

アニキ、抱いて。

ただの思い出づくりでもいい。気分が浮ついているだけだと言われてもいい。

ただの思いつきなんかじゃない。ずっと自分が、願い続けてきたことだから。

「……アニキも、脱いで」

「え？」

「うちの裸ばっかり見てずるい。アニキのも見せて……」

小夏は昇の水着に手をかけ、ゆっくりと下ろしていく。間近で見るのは恥ずかしかったが、目を逸《そ》らさず、真っ正面から昇自身を見つめた。

照りつける太陽の下で、昇のペニスはぱんぱんに膨れあがり、先端を光らせていた。

小夏はたどたどしい手つきで昇のペニスに触れた。浮き出ている血管をなぞるようにしてから、すっぽりと手の中に包み込む。

「アニキ……うちのも触って」

「……ああ」

昇の手が小夏の股間に伸び、そっと割れ目に指を押しあてた。ふたりは互いの性器を確かめるようにして、しばしいじり合う。

「あっ……あっ、きゃふん……！」

じりじりと光線が肌を焼いた。しかし昇の指のほうがはるかに小夏を熱く高ぶらせる。

人差し指でクリトリスをねぶられ、中指で蜜壺《みつつぼ》を探られて、どうしようもなくみだらな声が溢《あふ》れてしまう。

「小夏のここ、くちゅくちゅいってるぞ」

「だって……だって、出てきちゃう……」

肉ビラがイソギンチャクのように収縮運動を繰り返しては、昇の指に吸いついた。小夏も意識を集中して昇のペニスを上下にさするが、巧みな指の動きに負けそうになる。

「あ、あん、ひあっ、いいっ、あっ、あふんっ……！」

ひと目がないのをいいことに、小夏はよがりまくった。本当ならいつ夕映荘の誰かが来てもおかしくはない状況なのに、そのスリルも相まって余計身体が反応してしまう。

「あぅ、すごい、アニキの、大きくなって……あっ、ああ！」

蜜壺の入り口を強引に押し開かれ、右手の人差し指がズポズポと前後に動く。小夏の足下に愛液《あいえき》が流れ落ち、その部分だけ砂の色が濃《こ》くなっている。

「アニキ、もっと、あっ、もっと入れ……あっ、あっ、ああぁ！」

ぐちゃぐちゃと小夏の秘部が泡《あわ》を吹き出した。前後に出し入れするだけでなく、練るような動きで肉壺をかき回されたのだ。

「小夏……そこの岩に、手をついて」

昇はそばにあった岩に小夏の手をつかせ、腰を抱えるようにして背後に回った。小夏は尻の割れ目に、熱く硬いものがあたるのに気づく。

「えっ、アニキ!?　……あっ、くはあぁぁぁっ！」

ペニスの先端が尻の割れ目を通って侵入したかと思うと、肉壺の入り口が強引にめきっと開かれた。小夏が驚いている間に、昇はすでに処女膜《しょじょまく》の寸前まで踏み込んできたのである。

「いっ、痛いよぉ！　アニキ、痛いっ……！」

昇はその懇願にひるむでもなく、じわじわとペニスを突き立てていく。一瞬動きが止まったかと思うと、今度は勢いをつけて、ズン！と膜を通過したのだった。

「いあぁぁあっ！」

「もう入ったから大丈夫だ。これ以上痛くはならないぞ」

「ふぇっ……」

震える内股《うちまた》でなんとか砂を踏みしめながら、小夏は小さくうなずいた。股になにか挟まっているような感覚が奇妙で、自分の身体ではないような気がしてくる。

ホントに、アニキの入っちゃったんだ……。

しかし、しみじみと感慨《かんがい》深げに考えているヒマもなく、昇は腰を再び動かし始めた。さっきのようにじわじわといった動きではなく、リズミカルに亀頭《きとう》を膣《ちつ》へと打ちつけている。

「あぁ……あはぁっ……！」

ぱんっ！　ぱんっ！と腰と尻がぶちあたる音が響いた。ヒリつく膣壁の痛みと、それに反比例するかのように溢れ出てくる愛液の量に小夏は混乱する。あそこは痛いのに……どうして身体の中心が熱いのだろう。昇とひとつになれたことを喜ぶみたいに、細胞がざわめいて……。

「あっ、くはぁっ、壊れちゃうっ、あぁっ……い、いいっ！」

痛みの中に潜む甘い衝動を見つけたとき、小夏はよだれを流しながら仰《の》け反《ぞ》っていた。

昇の手は小夏の腰をがっしりと掴み、ふたりの間には一ミリも隙《すき》がない。粘膜と粘膜とが混ざり合い、生き物のように吸いついては離れ、また求め合っている。

「いい締まり具合だな……すぐイッちゃいそうだ」

「あぅ、あっ、恥ずかしいよっ……あんっ、はあぁぁっ！」

小刻みな動きに、砂の中へとずるずる足が埋まっていく。昇はさらに小夏の腰を高く持ち上げ、もっと奥深くまでペニスを突き刺した。

「うわっ……やべっ……！」

「あぁ、いいっ、アニキ、あぁ、ちょうだいっ……いっぱい、ちょうだいっ……！」

声を押し殺すことは不可能だった。激しい抜き差しに小夏は完全に我を忘れ、自《みずか》ら腰を突き出した。昇もまた動きを速め、絶頂へと突き進む。

「あふっ、んんっ……あぁ、い……いっちゃう……あ……はあぁぁっ！」

「うぅっ……！」

ドクン、ドクン……昇のペニスは雄叫《おたけ》びをあげ、精液をとめどなく放出した。

小夏は上りつめた余韻《よいん》に漂いながら、その場に崩れ落ちていく。

砂浜に横たわった小夏の陰部からは、じゅるるると昇の白濁した液体が流れ落ちた。今度は演技ではなく……小夏は生まれて初めての失神を体験することになった。

——宝物のような一日が、また過ぎていく。

小夏はヒリヒリとした背中を押さえながら、闇《やみ》に弾《はじ》ける花火を見ていた。楽しい日々は、一日一日がまるで線香花火のように、儚《はかな》く短いものの集合体なのだ。

「こなつちゃ～ん、みてみて、きれいでしょぉ～！」

浴衣姿《ゆかたすがた》の由香里が、花火を持ちながら砂浜でくるくると回っている。

「危ないですから回転しないでください。綾乃ちゃん、由香里ちゃんを捕まえて！」

「こ、こら、待て由香里ちゃん！」

紺色《こんいろ》の浴衣を着た倭と、キャミソール姿の綾乃が慌てふためいたように由香里を追いかける。

「子供はええなあ。無邪気で……」

「なによ。あんなに子供扱いされるのがイヤだって言ってたのに」

隣で線香花火を楽しんでいた小春が、小夏に笑いかけた。

夜のビーチでは、夕映荘メンバー大集合で花火大会が開催《かいさい》された。遠くのほうでは咲と若葉、そして楓花がロケット花火を飛ばしている。

……みんな、ちゃっかり浴衣なんて持ってきてさ。咲なんか新しい水着買っちゃって、やる気満々やないの。

「ま、うちらかていつまでも子供のままじゃいられないってことや。いつの日か、今日のことを懐かしく思う日が来るんやろな……」

「ふふ、小夏はすぐムードに酔っちゃうんだから。それにね、みんなだって小夏が思ってるほど子供じゃないのかもしれないよ？」

「んなワケないない。どいつもこいつも、みんなガキンチョや！　花火ぐらいではしゃぎよってのー。……あ、そうそう。うちな、明日アニキを恋人岬に誘おうと思うんや」

「えっ！」

ぎょっとした顔で、小春がこちらを見やる。

「なんやねん。遠慮するな言うたのは小春やろ？　うちな、もうこれからは好きにやることに決めたんや！　だから小春、堪忍な〜」

「た、確かに言ったけど……」

おっとりとはしているが、なかなかどうして負けず嫌いな一面もある小春である。正々堂々と宣戦布告されたようで、むっつりと口をへの字に曲げた。

「そ、そうだよね。お互い好きにやればいいよね」

「ああ、そうや！　うちは、負けへんで！　おっしゃあ小春、ロケット花火で勝負や！」

「やだ、待ってよ小夏！　いやだってばー！」

小夏と小春は、砂浜を走り出した。波打ち際では楓花のしかけたロケット花火が弾け、みんながきゃあきゃあと騒ぎ出す。打ち寄せる波が浴衣を濡《ぬ》らしても、足がもつれて砂浜に転んでも、なにをしても笑いは絶えなかった。昇も……小春も、輝も、そしてかんなでさえも笑っている。

十三人が一度に集まって、同じ時間を共有していることがなにより尊いものに思えた。大人になることは、決して素敵なことじゃないのかもしれない。だけど……いつか自分がもっと大人になって、ひとりぼっちになったとき。

絶対に、今日のことを思い出す。子供と大人の境い目にいた、今日という日の自分を思い出すだろう。

……しゅるるるると、満天の星空に彗星《すいせい》のような花火が横切った。

時は十一月。常夏《とこなつ》の島で休暇を楽しむ一方で、夕映荘には落ち葉の雨が降り始めていた。

第五話　―若葉―　セピアの雨

——若葉は、見た。

まるで安っぽいサスペンスドラマのようだと、自分でも思う。なんでこの私《わたし》が……こんな木の陰《かげ》に隠れて、こそこそ覗《のぞ》き見みたいなことしなきゃいけないの！

十二月の風は、制服姿の若葉にはいささか冷たすぎた。短いスカートから伸びたふくらはぎにはびっしりと鳥肌が立っている。

しかし、若葉はその場から一歩も動くことができなかった。

……兄さん、そこでなにやってるの？

若葉の位置から、公園の中央にある管理室らしき小屋に入っていく、昇の姿がはっきりと確認できた。そして……その後ろにいるのは、かんなである。

あんなに狭いところで、ふたりっきり……。

若葉は唇を噛《か》んだ。考えたくもないのに、モザイクのかかりそうな妄想ばかりが頭によぎる。こういうとき、自分の想像力のたくましさを疎《うと》ましく思うのだ。

「最低……」

若葉は、いまいましげにつぶやいてから立ち上がった。そしてスカートを翻《ひるがえ》し、その場から立ち去った。

「……あらあら、若葉ちゃん。ずぶ濡《ぬ》れではないですか！」

夕映荘に帰ってきた若葉を、倭が出迎える。天気予報が外れ、夕方から突然雨が降り出してきたのだった。

「お風呂《ふろ》が沸いていますから、先に入ってきたほうがいいですよ」

「……はい」

無愛想にそう答えながらタオルを受け取り、若葉はリビングへと歩いていった。

「おかえり、若葉」

若葉はぎょっとして立ち止まる。ソファーには新聞を広げた昇が、笑顔を浮かべながら軽く手を挙《あ》げている。

……まったく、なんなのよ！　こっちが雨の中をとぼとぼ歩いていたというのに、自分はぬくぬくと新聞なんか読んで！

「最低……」

「え？」

「最低って言ったのよ！　兄さんのバカ！」

そう叫んで、若葉はばたばたと階段を上った。逃げるようにして自分の部屋に入り、ベッドに飛び込む。

……なによ！　追ってきてもくれないじゃない！

若葉は悔しくて悔しくて、枕《まくら》をばふばふと叩《たた》いた。だいたい、修学旅行からして気に食わなかったのよ。せっかく沖苗で一緒のホテルになったのに、兄さんったら小夏や由香里ちゃんたちとばっかり遊んじゃってさ。せっかくかわいいワンピース買ったのに褒《ほ》めてもくれないし、なにより……部屋にも来てくれなかった！

「ひどい！　あんまりだわ！」

ばふ！と若葉が枕にパンチを入れたと同時に、誰《だれ》かが部屋のドアをとんとんとノックした。若葉ははっと顔を上げ、期待に満ちあふれた様子でそちらを見やる。

「若葉ちゃ～ん、勉強教えて～」

にこにこしながら入ってきたのは、楓花である。若葉はがっくりと肩を落としてから、キッと楓花を睨《にら》んで「私が教えてほしいぐらいよ！」と叫んだ。

「ふわぁ、コワイコワイ……」

くわばらくわばら、とつぶやきながら、楓花がドアを閉める。若葉は枕を持ち上げ、ドアめがけてボコッと投げつけた。

……もう、なにもかもがうまくいかない。

一通り怒りが去ると、今度はむなしくなってきた。私ってホントにツイてない。頭脳明《ずのうめい》晰《せき》、容姿端麗、品行方正の三拍子揃《そろ》った完璧《かんぺき》な女の子のはずなのに……。

あ、わかったわ！　美人薄命が抜けてたのよ！

都合のいい論理で自分自身を納得させてから、若葉はベッドから飛び降りた。そのとき、再びドアがこんこんと叩かれる音を聞いた。

「だーかーらー、自分でやんなさいって言ってるでしょ！」

「……いいのか？　勉強見なくても」

ガラっとドアが開いた。楓花ではなく……今度は昇が立っている。

「兄さん！」

「今日は家庭教師の日じゃなかったっけか？」

「……そ、そうよ。いまから兄さんの部屋に行くから、ちょっと待っててちょうだい」

「ああ。早くしてくれよ」

そっけなく言ってから、昇はドアを閉めた。ああ、しまったと若葉は思った。もう二度と昇と口をきくまいと思っていたのに。これじゃだいなしだ。

そうは思いながらも、若葉はいそいそと教科書を持って部屋を出るのだった。

「……それで、今日はなにを教えればいいんだっけ？」

昇の部屋に来た若葉は、物理の教科書を机《つくえ》の上に置いた。それを見た昇は、嫌そうに顔をそむける。

「ゲー。俺《おれ》、苦手《にがて》なんだよなぁ物理……」

「なに言ってんの！　兄さんは先生でしょ？」

「だから、先生じゃないっての。むしろ、もうすぐ大学生に戻るんだからな」

「えっ！」

若葉は机をバンと叩き、昇の顔に自分の顔を近づけた。

「それ……どういうこと？」

「い、いや……あの、ほら、なんつーか、そりゃそうだろ！　実習期間中なだけで、それが終われば大学に戻らなきゃいけないし」

「まあ、そうだけど……」

あやしい。

若葉は苛立《いらだ》たしげに爪《つめ》でカツカツと机を叩く。

なーんか兄さん、最近行動があやしいのよね。倭さんや咲たちとは妙に親しげな様子にも見えるし、極めつけは公園でかんなと……あ、そうだ、兄さんに問いつめなくちゃ！

「ねえ、兄さん？　今日……」

「あ？」

「えと……あ……か、かんなって、最近どうしてるのかな」

直前になって、質問を変更した。そのものズバリ質問したとして、もし肯定《こうてい》されたとしたら、立ち直れなくなってしまいそうだったからだ。

ダメよ、そんなに刺激の強いこと聞いたら、勉強に身が入らなくなっちゃうわ！

「かんなは……ああ、元気みたいだぞ」

「な、なんで知ってるの？　修学旅行帰ってからも、会ってたりするの？」

「そりゃまあ、狭い町なんだからバッタリと会ったりはするだろ」

なにか問題が？と昇は教科書を開きながら尋ねる。

だから、そこが問題だって言うのよ！　会って、その後……いったいなにをしているの？

「別に、問題なんかないわよ。……ねえ、かんなって、けっこうかわいいわよね」

おそるおそる、若葉が身を乗り出して質問をする。

「うん。かわいいんじゃないか？」

「ぐっ……。あと、スタイルもけっこういいわよね。ま、私よりは胸は小さいみたいだけど」

「そうかあ？　同じようなもんだろ」

……ひどいひどいひどい。実物を見たこともないくせに、なんでそう言いきれるのよ！

あ……違う……もしかして、もうかんなの胸……見たってこと⁉

「最低……私というものがありながら、他《ほか》の女と……」

「わ、若葉さん？　あの、勉強は」

兄さんのバカ！　勉強なんて、してる場合じゃなーい！

若葉がそう叫ぼうとしたとき……昇の部屋のドアが、ガラっと開いた。

「あに～、勉強教えて～。若葉ちゃんケチだから……あっ」

楓花ははっと息を飲んだ。昇の向かいには、般若《はんにゃ》のように顔を歪《ゆが》めた若葉が座っている。

「……ケチで悪かったわね」

「え～、楓花そんなこと言ってないよぉ～。若葉ちゃんヘンなの～」

「……ヘンなのは、あなたの寝ぐせだらけのその髪よ！　どうしてちゃんとブラシでとかさないの！」

まったくベクトルの違う質問に、楓花はきょとんと若葉の顔を見る。

「楓花、気にするな。ちょっと若葉ヘンなんだよ。な」

「だから、私がヘンなんじゃなくて楓花の髪が」

「まあまあまあ、落ち着け。じゃあここにいる三人ともヘンだってことで、話は終わろう。さあーて楽しい勉強タイムの始まりだあ」

「……いちばんヘンタイなのは、兄さんよっ！」

若葉は教科書を持って立ち上がり、ばたばたと廊下《ろうか》を走っていく。

取り残された昇と楓花は、不思議《ふしぎ》そうに互いの顔を見つめた。

「……まあ、思春期ってのは扱いが難しいよなあ」

そう言って昇が苦笑すると、楓花はにやにやしながら昇を指さして言った。

「にひひひ～。ヘンタイさん、はっけーん！」

こうなったら、真相を確かめるしかない。

若葉は意を決して、次の日早めに学校から帰ることにした。あの公園で待ち伏せして、ふたりが小屋に入ったらこっそり中を見てみよう。実は、ただ話をしているだけかもしれないし、もしかしたらポーカーでもして遊んでいるのかも。そう、それだったら私も思い悩むことはないんだわ。

若葉の長所は、至極前向きな部分にあった。妄想の両翼《りょうよく》をはためかせ、分が悪いことも比較的に良い方向に考えることができるという、ナイスな能力を備えている。同時にとても行動的であるというところから、この日のミッションはされるべくして遂行されたのだった。

「……あら、若葉ちゃんじゃない……」

——例によって、若葉が定位置に隠れていると、ふいに背後から乙女が声をかけた。

出た！　隠しキャラ！　……もちろんそんなことは、本人には言わない。

「ごきげんよう……乙女さん。今日も天気が悪くて残念だわね」

お嬢様風《じょうさまふう》の口調で返してみせるのだが、なにせ木陰に隠れてしゃがんでいる状態である。

相手が乙女でなければ、職務質問でもされていたに違いない。

「……バードウォッチング？」

「まあ……そんなようなものよ。乙女さんはなにしてらっしゃるの？」

「私？　私は、ノゾキよ……」

「へっ⁉」

若葉は思わず大きな声を出してしまう。

「ノゾキって、は、犯罪じゃないっ！」

自分のことを棚に上げて、若葉は声を荒らげた。

「冗談よ……そういう人が多いみたいだから、気をつけなさいってこと……」

含みを持った口調で、乙女は言う。一瞬、行動を見透かされたようで若葉はどぎまぎした。はぁ……私ってば、なんだかカッコ悪い。

――その時だった。昇とかんなが、小屋の前に現れたのは。

「あっ！　……お、乙女さん、またね！　ごきげんよう！」

若葉はしゅたっと茂みを飛び越えると、まるで忍者のような素早さで小屋へと近づいていった。向こうからは死角になっているので、こちらの姿には気づかないだろう。

……なによあのふたり！　ここで毎日ポーカーしてるっていうの？　教師が賭《か》け事《ごと》なんてしていいと思ってるのっ！

当初の疑惑からは完全にズレた思考をもてあましながら、ぴたっと小屋の壁に張りつく。

気分は捜査一課の女刑事だ。スゴ腕のスナイパーで、狙《ねら》った獲物《えもの》は絶対に逃がさない。五ヵ国語を操って世界を飛び回る、ＦＢＩの華麗な女スパイ……なんだかあらゆる職業が混ざっているような気もするが、とにかくそんな気分なのだった。

バタン、と扉の開く音が聞こえる。よし……ふたりは中に入った！

若葉は小さな窓から、そっと中を覗いてみる。なにか話しているようだったが、会話の内容までは聞き取れなかった。

……あれ？　なにしてるの？

それまで立っていたふたりが、その場にしゃがみこんだ。なにやらもそもそと動いているのはわかるのだが、机が邪魔してよくわからない。

ちょっと、あなたたち！　ポーカーなら椅子《いす》に座ってやりなさいよ……！

苛立った若葉が背伸びをしたそのとき、ふいにガタン！と窓ガラスに額があたった。

「いたっ……！」

その音に反応して、昇とかんなが立ち上がる。しまった、と思ったときにはもう遅く、ふたりが小屋の外に出てきたところだった。

「若葉、なにしてんだよ」

昇はわけがわからないといった顔つきで、若葉の前に立った。

「別に……ただ通りかかっただけよ」

「ウソつけ。そこの窓から中を見てたじゃないか。いるなら声をかけてくれれば……」

「なによ！　見られたらまずいことでもしてたわけ？　こんな狭いところで、ふたりして……いやらしいわ」

わなわなと、若葉は拳《こぶし》を握る。確かに覗き見していたのは事実だが……もともとは、ふたりの行動があやしかったからだ。ただ事実を知りたかった。それだけなのに。

「若葉ちゃん……」

昇の背後から、ひどく怯《おび》えたような顔でかんなが言う。

「……かんなもかんなよ。大人《おとな》しそうな顔して兄さんを誘惑するなんて、信じられない！　いったいどうやって兄さんに取り入ったのよ！」

そう叫んだ瞬間……昇の手が、若葉の頬《ほお》を打った。

かんなは息を飲み、呆然《ぼうぜん》と佇《たたず》む若葉を見つめている。

「……なによ、ふたりして！　もう兄さんなんか大キライ！　大学でもどこでも帰っちゃいなさいよ！」

滂沱《ぼうだ》の涙を流しながら、若葉は走り出した。こんな屈辱を受けたのも……人を傷つけたのも、すべてが生まれて初めての経験だった。

その夜は、誰が声をかけても若葉は部屋から出ようとしなかった。

ベッドの中でずっと泣き続けていた。夕食も、勉強も、昇も……すべてがどうでもよくなっている。できることなら、このまま消えてしまいたい。昇とかんなの記憶から、自分の存在を消してほしい……。

「……若葉ちゃん、冷蔵庫にご飯入れておきましたから、お腹《なか》が空《す》いたら食べてくださいね」

部屋のドア越しから、倭の声がした。

返事をする気力もなく、枕に顔を埋める。私……いつからこんな子になっちゃったのかな。前までは、こんなに卑屈《ひくつ》になることなんてなかったのに。

勉強に身が入らなくなったのは、いつの頃《ころ》からだろうか。

夕映荘のメンバーにはよく、「〝自称〟優等生なんでしょ」などと言われたが、常に成績を上位にキープしていたのは本当だ。いつも一番でいたかったし、努力すればするだけ結果が出るのが快感だった。特に絵がうまいわけでも、歌が上手《じょうず》なわけでもない自分は、特殊な才能を得ることを早々に諦《あきら》めて「秀才」と呼ばれることを選んだ。

だけどガリ勉はみっともないから、普通に友達付き合いをして、買い物に行って、映画を観《み》て……その裏で、人の三倍は必死に勉強した。こんなに努力しているのだから、成績がよくならなきゃウソなのである。

なのに……最近、先生の言っていることがよくわからないと思うときがある。

予習はもちろん、復習だってちゃんとこなしている。なのに思うように結果が出ないのはなぜなのだろう？

理由がわからなくて、イライラすることが増えた。八つ当たりしたいわけじゃないのに、夕映荘では常に怒鳴っている自分がいる。

昇が再び夕映荘に住むことになったと知ったときは、心から喜んだ。迷惑かけたりしながらも、たまに勉強を教えてもらったり、ときには一緒に出かけたりして、楽しい毎日が送れると思っていた。でも、現実は――苛立ちがますます増えたようで、つい素直でない態度を取ってしまうのだ。

現実と理想のギャップ。このふたつの隔たりに、自分はいつだって翻弄《ほんろう》されてしまう。すべてが自分の思い通りになると思うほど、子供じゃないはずだったのに……。

「……誰か……開けて……誰か……」

若葉は、はっと顔を上げた。

外で誰かの声がする。助けを呼んでいるような、悲痛な声だ。

ベッドから飛び降り、部屋の窓を開けた。玄関のほうを見下ろすと、茶色い髪の少女が立っているのが見える。

「かんな！」

近所迷惑も顧みず、若葉は叫んだ。玄関のドアを叩いていたかんなが、ふっと顔を上げる。

「若葉ちゃん……」

泣きだしそうな表情で、かんなは若葉を見つめた。手に持っているダンボールの中には、毛むくじゃらの動物が眠っているのが見える。

考えるよりも先に、若葉は部屋を飛び出していた。

ばたばたと廊下を走ると、異変に気づいたらしい昇がちょうど部屋から出てくるところだった。若葉がかんなが来ていることを告《つ》げると、血相を変えて階段を駆け下りていく。

「みなさん、どうしたんですか？　こんな夜遅くに……」

「し、倭さん！　なんかたいへんなの、かんなが……」

なにがたいへんなのか説明できなかったが、倭は事情を察したようにぱたぱたと玄関へ駆け寄った。若葉もその後に続く。

「かんな、どうした⁉」

昇が玄関のドアを開けると、ダンボールを抱きしめたかんなが勢いよく入ってきた。

「どうしよう……様子がヘンなの……死んじゃうかも……っ」

涙ながらに、ダンボールを見せた。中を覗くと、子猫《こねこ》が不自然に荒い息を吐きながら丸くなっている。

「若葉」

「えっ？」

急に名前を呼ばれて、若葉は顔を上げた。

「ありったけのタオルを持ってこい。あと倭ちゃん、お湯を用意して。かんな、その子をこっちに運んできてくれ！」

「は、はいっ！」

ばたばたばた、と倭がキッチンへ向かう。騒ぎを聞きつけたのか、綾乃と美月が階段から下りてきた。

「うわっ、その子猫ちゃんどうしたの⁉　なんかやばいんじゃない？」

「ふたりとも、暖房器具を持ってこっちに来てくれないか。なるべく温めてやりたいんだ」

「う、うん。わかった！　美月、行くよ」

「ええ」

ふたりは瞬時に状況を理解し、再び階段を駆け上る。

「あの、兄さ……」

「若葉、早く持ってきてくれ！　あと動物病院の電話番号も調べてほしいんだ。おまえ……調べものとか得意だろ？」

「う、うん、わかったわ」

若葉は力強くうなずいた。

思い悩んでいる場合ではない。いまは一刻も早く、子猫のために動かなければ。

若葉はそう思い立つと、タオルを取りに自分の部屋へと走っていった。動物病院は、電話帳だけではダメだ、インターネットでも検索してみないと……。

もともと、ハプニングには強いタイプの性格なのだ。責任感が強くて仕切りがうまくないと、優等生などやっていられない。

今夜は、徹夜《てつや》だわ。……若葉は腕まくりをして、廊下を走っていった。


結局……深夜に営業している動物病院は見当たらなかったけれど。

昇や夕映荘のみんなの協力によって、明け方には子猫の体調は回復していった。昼頃には、倭の与えたほ乳瓶《びん》からミルクを飲むまでに復活した。

あの子猫は、もともとかんなが拾ったらしい。しかし家で飼《か》うことはできなくて、仕方なく空いていた公園の管理室で育てることを決意し……たまたま昇にその現場を発見されたということである。

「……でさ、ふたりで様子を見にきてたんだよ。かんなひとりじゃなにかと不安じゃないか」

「まあ、そうだけど……」

夕方――昇と若葉は、管理室の掃除をするために公園に来ていた。いまはひとまず夕映荘で、倭が猫を預かっている。

「あの様子だと、倭ちゃんが飼うって言い出しそうだな。かんなもそのほうが安心するだろうし」

ははは、と笑いながら、昇はぞうきんで床を拭《ふ》いている。

結局、すべては自分の妄想だったのだ。勝手に勘違いして、大騒ぎして、かんなを傷つけてしまった。今朝、勇気を出してかんなに謝ったけれど……いまでも罪悪感で胸がいっぱいだ。ただでさえ傷つきやすいかんなに、自分がとどめを刺してしまったような気がしたから。

「……かんなのこと、気にしてるんだろ」

「えっ」

図星を指され、若葉はモップを動かしていた手を止める。

「まあ、おまえの気持ちもわかるけどな。あいつが登校拒否してた理由……知ってるんだろ？」

若葉はこくりとうなずいた。

いつからか、友達の輪を離れてひとりでいることが多くなったかんな。

『私、流行とか疎いから……みんなと話が合わないのかな』

最初はそんなふうにして笑っていた。まだ、かんなが夕映荘に出入りしていたときの話だ。

「あいつ、悩んでたみたいだな。友達となにを話していいのかわからなくなったって。自分が違う生き物なんじゃないかって、本気で思った時期もあったらしいんだ。言葉は通じてるのに……心が通じてないんじゃ、人と接するのもキツイだろうよ」

若葉は押し黙った。

かんなの気持ちが、いまならわかる。すべてを理解することはできないけど……。

ある日突然、いままでできていたことができなくなる。

飛び方を忘れてしまった鳥のように、人と話すことができなくなる。勉強の仕方がわからなくなる。

かんなのことは、いつも気にかけていた。でも、本気で腹を割って話すことは、意識的に避けていたのかもしれない。自分の中にある闇《やみ》を直視してしまうようで、つかず離れずの状態を保とうとしていたのだ——。

「……昨日の若葉の発言はさ、確かにかんなを傷つけてしまったかもしれないけど、かえって荒療治だったんじゃないかって俺は思うよ。いままで面と向かって、かんなに直球勝負を申し込んだヤツはいなかっただろ？」

「それは都合よく考えすぎよ……」

さすがの若葉も、そこまでポジティブに考えることはできない。

ただ、これからは……もっと正直にかんなと会話できるような気がする。ケンカしたり笑ったりしながら、もっと仲良くなれるような気がする……。

「あ、雨だ」

昇は窓の外を見てつぶやいた。気づけば、大粒の雨が窓ガラスに打ちつけている。

「しまったな、傘《かさ》持ってこなかったよ。夕映荘までけっこう距離があるんだよな」

「……兄さん、ごめんなさい」

若葉は、小さな声で言った。

「あ？」

「……迷惑ばっかりかけてごめんね。私、たぶん兄さんに八つ当たりしてたんだと思うの。だって兄さん、私のこと、他のみんなと同じ扱いしかしてくれないし……」

「はあ……」

「大人っぽい服とか、えっちっぽい水着とか着ても、ぜんぜん見てくれないし……」

「見たら見たで、セクハラ呼ばわりするだろ！」

「そんなの照れ隠しに決まってるじゃない！　兄さんには、私だけを見てほしかったの。大人になった私を見てもらいたかったの！　なのに、兄さんは上の空だし、私は勉強ができなくなっちゃうし……ずっと辛《つら》かった」

昇は立ち上がり、若葉に向かい合った。

「若葉も……悩んでたんだな。ごめん、いつもはぐらかしてばっかりで」

「違うの。私が意地を張ってたのよ。兄さんの前ではいつもデキる女でいたかったし、そういう自分を好きになってもらいたかった。そんなの、見せかけだけなのに……でもね、兄さんとずっと一緒にいたかったの。これからもずっと、兄さんの隣で生きていきたかったの！」

昇はうつむいた。やはり叶《かな》わぬ願いなのか。最初からわかっていたけれど……それでも、いまだけは。

雨が降っている間だけでもいい。一緒にいたい。

若葉は昇へと一歩近づいた。

「……今日は、帰りたくない」

昇は、真剣な顔になって若葉を見つめた。

「……私、兄さん好みの女になったでしょう？　兄さんがしたいこと、私にしてよ。どんなひどいことでもいいから、私にしてよ！」

「おまえ……そんなこと軽々しく言うなよ。……でないと、本当にひどいことされちまうぞ」

「いいよ？　だって、してほしいんだもの……」

また一歩、若葉は近づいた。

どこか遠くのほうで、雷鳴の音が聞こえた。

若葉は昇が窓ガラスへと視線を移す前に……また一歩前に出て、昇の唇に自分の唇を重ねた。

——薄暗い、部屋の中。

ピンク色のベッドカバーがなんだか生々しくて、若葉は急に心臓の音が大きくなったような気がした。それを悟《さと》られないように、「ふうん、ラブホテルってこんな感じなんだ」と冷めた口調を演じてみる。

……ダメだわ。私、まだ素直になりきれていない。

部屋に入ってから、昇はなにも言わなかった。乱暴に上着を脱ぎ、備えつけのソファーにばさっと投げる。

「私……シャワー浴びてくるわね」

沈黙に耐えきれなくて、若葉は立ち上がった。ホテルに来るまでにずいぶん雨に濡れてしまって、すぐに髪を洗いたかったのもある。

しかし、昇は若葉の腕を掴《つか》むと、そのまま乱暴にベッドへと押し倒した。

「やっ……兄さん……っ！」

「シャワーなんてどうでもいい。そのままで、いいから……」

「で、でも、キレイな身体《からだ》で……あぁっ！」

昇は若葉の着ていたブラウスを強引に剥《は》ぎ取った。ブラジャー一枚だけになった胸元に、しゃぶりつくようにして顔を埋める。

「ごめんな……でも、若葉をめちゃくちゃにしたいんだ。嫌われてもいいくらい、ひどいことしたいんだよ」

そう言って、今度はスカートを引き下げる。あっという間に下着姿にされ、昇に組み敷《くし》かれてしまった。

「い、いいよ……忘れられないぐらい、ひどいことして。兄さんがいなくなったら、今日のこと思い出すから……」

本当は、怖《こわ》い。

でも、めちゃくちゃにされてみたいと、心のどこかで思っている。自分はただの雌猫《めすねこ》で、みじめなくらい目の前の雄《おす》に犯されたいと、思っている自分がいる。


「……若葉、いまどんなことされてるかわかるか？」

昇の息が耳に近づいて、若葉は首を振った。

なにも見えない。手を縛られ、目隠しされていること以外は、なにもわからない。

「兄さん……どこ？　なにしてるの？」

「若葉の裸をじっと眺めてるんだよ」

そう言って、昇は桜色の乳首をぺろりと舐《な》めた。未知なる感覚に、若葉は身体をひねる。

「ひぁっ……意地悪しないでぇ」

「意地悪してほしいんだろ？　そうだな……こんなふうに」

「あぁっ！」

乳房の中心に、小さな痛みを感じた。乳首をつねられたのだ。

「痛い……兄さん、ひどいよ……」

「じゃあやめるか？」

「やだ……そんなこと言わないでぇ。もっと……おっぱい触ってぇ」

目隠しの効果なのか、自分でも大胆なことを口走っている。少しずつじゃなくて、本当はもっと揉《も》みしだかれたり、舐め上げられたりしたい。口でしゃぶってもいい。

しかし昇は、じらすように舌先でちろちろと乳首を刺激する。その微妙な愛撫《あいぶ》がもどかしくて、若葉は呻《うめ》いた。

「やぁ……もっと強くいじめて……お願いっ……」

「ワガママな女だ。自分でもいじったりしたことあるんじゃないのか？」

「そんなこと……ない……あっ、ああんっ！」

唐突に乳房にしゃぶりつかれ、若葉は全身が震えるような悦《よろこ》びを覚えた。丹念に舌で舐め取られるような感覚がまたたまらなく、おのずと腰も動いてしまう。

「エロいおっぱいだなぁ……ぷにぷにしてる」

弾力を楽しむように、昇はゆっくりと乳房をこねた。ときおり乳首を指でコロコロと転がしたり、甘噛みしてみたりして、若葉の反応を観察しているようだ。

「ひんっ……あっ、感じちゃう……んんっ、あ、そんなに優《やさ》しく触ったら、ダメ……！」

「そうか、若葉は強くされるのが好きなのか」

「ち、ちが……う……あっ、ひぃ……はぁぁっ！」

ぎゅっと搾《しぼ》るように揉み上げられると、若葉はわかりやすい態度で応《こた》えてしまう。目で確認できないからこそ、感度も必要以上によくなってしまうのだ。

「腰がだいぶ動いてるな。おまんこもいじられたいのか？」

「やぁ……恥ずかしいっ……み、見ちゃダメだよ……！」

若葉が必死に頼み込むのも無視して、昇はボーダー柄の小さなパンティに手をかける。太股《ふともも》の真ん中ぐらいまで下ろして足を持ち上げ、ぐいっと開脚させた。

「やだぁっ……お風呂入ってないからダメだってばぁ……！」

「じゃあ、若葉がどれくらい汚れてるか見てあげるよ」

昇はみずみずしく濡れた秘裂を人差し指でなぞる。たちまち指先には、ねっとりとした透明の液体《えきたい》が絡みついた。

「あぁあっ……やぁっ、あふ、あ、み、見ないでって言ったのにっ」

「そのわりには濡れすぎじゃないか？　ほら、ちゃんと音を聞いてろよ」

昇は指を陰部に突っ込み、回転させるような動きを加えた。ぴちゃぴちゃとなまめかしい音が漏れてくる。

「あっ、音出しちゃいやあぁ……んっ、あぁ、はぁっ」

ぼんやりとした灯《あか》りの下で、若葉の肉ヒダがびくびくと蠢《うごめ》いていた。最初はピンク色だったかわいらしい肉芽が、すっかり充血して赤くぷりんと光っている。

昇は蜜壺《みつつぼ》を指でなぞった後、クリトリスを指で弾《はじ》くようにして何度も刺激した。先端がぷるぷると震え、悦びに身をヒクつかせているのがわかった。

「ひあぁっ、あっ、いいっ、あぁっ！」

今度は人差し指を肉の壺に差し込み、ずぷずぷと上下にさすってみる。指を覆うようにして愛液が細かい泡《あわ》を吹き、シーツをべっとり濡らしていく。

「ほら、おちんちんを入れる前に練習しとかないとな。これよりもっと太いのが入っちゃうんだぞ？」

「む、無理だよぉ……ああ、でも、気持ちいいのっ、ああっ、んはぁ！」

じゅぷっ、じゅぷっ、じゅぷっ……！

味をしめたように、若葉の陰部は昇の指をがっちりとくわえ込んでいた。引き抜くのが困難なほど、肉のヒダというヒダがみっちり絡みついている。

「自分ばっかり気持ちよくなりやがって。よし、立て」

「あぁっ、抜いちゃいやぁっ！」

ずぽっと指を引き抜かれ、若葉は悲鳴をあげた。昇は身体を起こさせて、自分の猛《たけ》り狂ったペニスを小さな口元へと押しつける。

「くわえてみろ」

「うっ……んんっ！」

唇が少し開いたところに、じゅぽっとペニスを突き刺した。若葉は苦しそうに呻いたが、昇は頭を押さえてさらに奥深くに突き立てた。

「ぐっ……んぐ、んぐぅっ！」

「よしよし……いい調子だ……」

昇は満足げに、ため息をついた。若葉は必死になってペニスに舌を這《は》わせ、喉奥《のどおく》の壁で亀頭《きとう》を刺激した。息ができなくて苦しかったが、それよりも昇に気持ちよくなってもらいたい。それに……ちゃんとできないと、続きをしてもらえなくなってしまいそうで。

「んっ、ぴちゅっ、んぐっ、うむぅ……」

苦しさのあまり、涙が出てきた。ペニスは口の中でこれ以上ない大きさを示し、若葉の喉を圧迫する。

「んぐっ……んちゅ……んっ、ちゅっ、うぐっ……」

「なかなかがんばってるな。でももっと舌を使うんだ」

　言われた通り、幹の部分を舌全体で舐め上げる。ちゅぱちゅぱと亀頭に吸いついたり、裏筋を辿《たど》ったり、聞きかじった知識はすべて実行に移した。なのに昇は、さらに貪欲に自《みずか》ら腰を振り始めた。

「よし……気持ちいいぞ……」

「ん〜、んっ、んぐぅ、んむむっ……！」

　両手で頭を押さえられて、若葉に逃げ道はない。ただただペニスをくわえてそこにいるしか術《すべ》はなく、じゅぷじゅぷと喉にぶちあたる苦しみを必死に耐えることしかできなかった。

「あっ……出るっ……！」

　昇が小さくうめき、腰を動かすスピードが上がったかと思うと、喉の奥に熱いなにかが放出されるのを感じた。

「け、けほっ……けほっ……！」

　ようやくペニスが引き抜かれ、若葉は激しく咳《せ》き込《こ》んだ。口の端からたらりと白い液体が流れ、驚いて手で拭《ぬぐ》う。

「うぅ……こほっ……はぁ……はぁ……すごい、いっぱい出たぁ……」

「ちゃんと飲んだのか。じゃあ、いい子にはご褒美《ほうび》をやらないとな」

「あっ……」

昇は若葉の目隠しを外した。光がまぶしくて若葉は目をふせるが、再びベッドへと押し倒されてしまう。

「暴れるといけないから、手は縛ったままだぞ」

「はい……い、いっぱい、いじって……お願い……」

「仕方ないなぁ、若葉は」

昇は寝そべった状態で若葉の片足を上げ、サイドにぴったりとくっついた。そしてペニスで秘部をぴちゃぴちゃと叩いた。

「いい音がしてきたな。まだ濡らしてんのか」

「あ、ひぃっ！　あ、あったかい、あっ、やぁっ、んっ、はぁっ！」

亀頭がクリトリスをくにくにと刺激した。さっき出したばかりだというのに、昇のペニスはもう硬くなって蜜壺の付近をくちゃくちゃと蹂躙《じゅうりん》する。

「あ、それ、あっ、気持ちいいっ！　あんっ、はぁっ、おつゆ、出ちゃうよぉっ！」

「とっくに溢《あふ》れまくってるぞ。……あぁ、もう先っぽが入っちゃうな」

「あっ、あんっ、入れてぇっ、なにか入れてくれないと、おかしくなっちゃうっ！」

若葉は絶叫にも近い声で腰を動かした。すでに昇の亀頭は蜜壺に埋まっていて、ほんの少しでも力を加えれば全部収まってしまいそうだ。しかし中途半端な状態を維持しながら、昇は意地悪く囁《ささや》いた。

「……なにを入れてほしいんだ？　指か？　それとも……」

「……い、言えないっ……恥ずかしいよっ……あぁ、早く、早くぅ！」

「ダメだ。ちゃんと言わないと抜いちゃうからな」

腰を少し引き、だんだんとペニスを抜き始める。

「あぁっ、ごめんなさいっ……お、おちんちんを、入れてください……」

「おちんちんが欲しいのか？　どこに欲しいんだ？」

「やだぁ……もうダメぇ……っ」

「言うこと聞かない子は、ご褒美ナシだ」

またペニスが三センチほど引き抜かれる。

「あ、いやあぁぁっ！　……おまんこに、入れてくださいっ」

「最初から続けて言ってみろ」

「……おちんちんを、若葉のおまんこに入れてくださいっ……！」

「よし、ご褒美だ」

——ずぶっ!!

ためらいはほとんどなかった。一気といっていいほど、昇は強い力で若葉の秘部を貫いた。

「あはあああぁっ！」

激しい衝動と痛みに、若葉の背中が仰《の》け反《ぞ》った。肉が割れ、破瓜《はか》の証《あかし》である血が昇のペニスを濡らす。

「いっ……！　あっ、痛いっ！」

「ガマンしてくれよ……すぐ気持ちよくなるからな」

「う、うんっ……入ってるの、わかるっ……おっきいのが、おまんこに入ってるっ」

若葉が涙を溜《た》めながら声を振り絞るのを見て、昇はその唇にキスをした。若葉は進んで口を開け、舌を求めていく。なまあたたかい異物が歯茎や舌の裏にまで這い回り、しばし痛みを忘れて思うぞんぶん唾液《だえき》を交換しあった。

「んぷっ……ちゅっ……ちゅぱっ……んんっ……」

身体がだんだんとほぐれていく。力が抜けるのがわかったのか、昇はゆっくりと腰を動かし、ペニスの出し入れを開始した。

「んぱっ……んっ……はぁっ、あぁ、んはぁ……」

「かわいいよ若葉……」

耳たぶを軽く噛みながら、昇は背中から腕を回して乳房を揉みしだいた。若葉の肌はしっとりと濡れ、熟した実のように艶《つや》やかな桃色に染まっている。

「あぁ……動いてるよぉ……おっきいのが、動いてるぅ……っ」

若葉の声色がしだいに甘さを増していった。それに呼応するように、昇はペニスを小刻みに動かした。膣《ちつ》全体が大きな波となり、あたたかいうねりでもって昇自身をじゅっぽりと包み込んでいる。

「んぁ……ひぁぁっ……あっ、すごいっ……んふぁっ……あぁっ！」

「キツくて気持ちいいよ……ガマンできなくなりそうだ……」

危機感を感じたのか、昇は少し起き上がって若葉を完全に横に向かせた。そしてペニスが抜けないように、ゆっくりと四つん這いの体勢を取らせていく。

「あぁ、なんか、ヘンなところにあたるぅ……！」

背後から貫かれて、若葉は戸惑いの声をあげた。犬みたいなポーズを強《し》いられ、後ろからお尻《しり》の穴まで見られているのかと思うと、顔から火が噴き出そうになる。

昇はベッドに膝《ひざ》を立てて、若葉のお尻に勢いよく腰を打ちつけた。

「んはっ！　あぁっ、やんっ！　ヘンだよぉ、あっ、んっ、はうっ！」

「……バックになったら、余計反応がよくなったな。こっちのほうが気持ちいいのか」

「だ、だって、もっと奥に、入ってるんだもん……！　あっ、うぅ……！」

腰を揺り動かされ、若葉は全身を震わせながら悦びの声をあげた。

秘肉の裏返ったところだけでなく、肛門《こうもん》がきゅっきゅと締まるところまで視線に晒《さら》されている。昇は小刻みにペニスを動かしつつ、ギリギリまで引き抜いて一気に貫くのを繰り返した。

「あぁっ、はぁ、すごいよぉ、気持ちよく、なっちゃうよぉ、あんっ、はぁっ……！」

「……俺も気持ちいいよ。もっともっと腰を動かせ」

「うっ、で、でも、もうっ、あぁ……！　もう、ダメぇっ、あっ、うぅ！」

若葉は、もうなにも考えられなくなった。つま先からざわざわとさざ波のようなものが押し寄せ、全身を支配される。

「んっ、んっ、あぁっ、いっちゃう……いくぅっ、あぁぁ、はあああぁっ……！」

「うっ……ううっ！」

若葉が達したことにより膣がぎゅっと締まり、昇もそのまま果てた。あたたかいぬかるみの中に大量の精液が放出され、ふたりしてベッドに倒れ込む。

「はぁ……あぁ……」

虚脱感と共に、若葉は目を閉じた。そばで昇の吐息を感じながら眠ることに、胸が詰まるほどの至福を感じる。

「兄さん……」

「ん……？」

昇は聞き返すが、すでに若葉は深い眠りに陥っていた。

——兄さん、大好き。

それは夢の中でのつぶやきだったが、ようやく思いを伝えられた満足感に浸りながら、若葉は安息の地へと泳いでいった。


「……若葉、起きろ」

ふにふにと頬をいじられる感触で、若葉は目を覚ました。

ぼんやりとした灯りと、ピンクのベッドカバー……そして、昇の寝ぐせだらけの頭が目に入る。

……そうだ、あのまま寝ちゃったんだ。いま何時だろ。

「雨もやんだみたいだし、そろそろ帰ろう」

「え、今日は帰らないって言ったじゃない。このまま泊《と》まっていこうよ」

「倭ちゃんたちが心配するだろ？　まだ学生なんだから、外泊はダメだ」

……兄さん、けっこう考え方が古いんだ。いまどき外泊しない学生なんていないのに。

若葉は唇を尖《とが》らせ、着替えを始める昇を見つめる。

「じゃあ……兄さん、クリスマスだったらお泊まりしてもいい？　あ……でも、夕映荘でクリスマスパーティやるって言ってたから、無理かなあ」

「そのことだけど……」

昇は着替え終わると、言いにくそうにベッドに腰かけた。

「なによ、神妙な顔しちゃって……」

若葉は裸のまま起き上がった。ふいに、嫌な予感がした。

兄さんのこの表情、見たことがある。

三年近く前に……夕映荘を出ていったときの、あの顔だ……。

「俺……そろそろ実習期間が終わるんだ。若葉は学校が違うから知らなかったと思うけど……終業式と同時に、大学に帰らなきゃいけないんだよ」

「えっ……」

確か、自分の通っている学校と此の道学園の終業式は同じ日だったはず。

十二月二十五日。

クリスマスの日だ……。

「ひどい……。ウソよ、ねえ、ウソでしょ？　私のことキライだから、そんなウソつくんでしょ？」

「違うって！　本当は、修学旅行の前ぐらいには戻るはずだったんだ。でも、なんだかんだいろいろあって、今日まで延びちゃったんだよ。俺だって、夕映荘にいたいけど……」

「イヤだ！　そんなの、ぜったいにイヤ！」

若葉はベッドの上に立ち上がって、叫んだ。

「兄さん、私だけのものでいて、なんてワガママはもう言わない。ずっと私だけのそばにいてほしいなんて、もう言わない！　だから、夕映荘から出ていったりしないで？　このままみんなで一緒に暮らそう？」

「若葉……約束するよ、いつか絶対帰ってくるから……」

「イヤ……お願い、いい子にするから、ずっと夕映荘にいてよ……もういなくなっちゃうのはイヤよ……」

あれだけワガママは言わないって決めたのに。

自分の思い通りにならないことを、嘆いたりしないって決めたのに。

……昇を失う事実が、いともたやすく自分に誓いを破らせた。

昇は若葉が泣きやむまで、傍《かたわ》らでずっと頭を撫《な》でていた。そのぬくもりが離れてしまうのが怖くて、若葉はなかなか泣きやむことができなかった。

エピローグ

「お兄ちゃん！」

……そう呼ばれて、俺《おれ》は振り返った。

大学へと続く坂のふもとで、手を振りながら微笑《ほほえ》む少女……は、やがて俺の脇《わき》を通り過ぎ、近くにいた茶髪の少年のもとへと駆け寄っていく。

――なんだ。俺のことじゃなかったのか。

夕映荘を出て、何度同じデジャヴを体感したことだろう。

去年の冬はいままでになく寒かった。気温のせいだけではなく……大勢でいることの幸福を知ってしまったぶん、ひとりになったときのギャップは激しい。

ろくな暖房器具などなくても、狭い部屋にみんなでいれば暖かかった。寒いことなど忘れていたぐらい……。

いまとなっては、在りし日の思い出にすぎないのだろうか。

俺はそんなことを考えながら、ネクタイをきゅっきゅと締めて坂を上る。ついこの前までは雪が積もっていたというのに、もう桜が咲いている。また数か月後には、ついこの前までは桜が咲いていたのに……と思っているに違いない。人間なんて、そんなものだ。

――去年のクリスマスは、まるでお通夜のようだった。

前もって夕映荘の全員には知らせていたというのに、引っ越しの当日になると空気が重かった。せっかく輝も一時退院してくれたのになー……やっと元気になったというのに、また具合を悪くさせてしまったかもしれない。

最後の晩餐《ばんさん》風景は、いまでも記憶に新しい。誰《だれ》も手をつけないクリスマスケーキがもの悲しかった。いや……楓花がひとりで食べてたっけな。それはいいとして、綾乃が明るい話題を振ろうにも、肝心のツッコミ役の小夏までもがまともに機能してなかったのだから、会場のムードはますますトーンダウンする一方だった。

……若葉は、最後まで泣いていたっけな。あの子はもう、笑顔を取り戻しただろうか。

いまでも、そのことを思い出すだけで胸が痛む。ふと街中《まちなか》で、「兄さん」という言葉を耳にするたびに、振り返ってしまう。もちろん、背後にあの笑顔はなくて……赤の他人の女の子が、赤の他人の男の子に手を振るのを、ただ眺めるだけに終わるのだ。

もう一度、俺を呼んでほしい。「兄さん」と。「お兄ちゃん」と。「アニキ」と……。


「……お兄ちゃん」


坂を登る俺の脚《あし》が、ふと止まる。

……違う。これはデジャヴだ。まぼろしだ。いままで何度も同じ目に遭《あ》ったじゃないか。期待なんてしちゃいけない、俺にその資格はないのだから……。

「……兄ちゃん」

まさか……そんなはずはない。

あの子たちが、俺のことを呼ぶなんて。

ここは——夕映荘ではないんだ。


「……兄さん！」


——意を決して、俺は振り返った。

完全に振り返るまでの時間が、スローモーションのように長く感じられた。やっぱりこれは夢だと、彼女たちの顔を見る直前まで、そう思っていた。

「……もう、何度呼んでもぜんぜん返事をしてくれないんだから！　いつからそんなに薄情になっちゃったのかしら？」

……ツンとすまし顔の若葉が、呆《あき》れたようにそう言い放つ。

「ホントだよね。どーせ兄ちゃんは、合コンでもしまくって女の子をとっかえひっかえ遊んでたに決まってるよ」

咲もまた、いまいましげに毒づく。

「ふたりとも、そんな冷たいこと言わなくてもいいのに……」

気弱そうに、輝はつぶやいた。

「いーや！　それはありうる！　あとで部屋の中チェックしにいかんとダメやな。女の長い髪が、ぎょーさん落ちとるで！」

「小夏、やめなよ。あんちゃんに限ってそんなことあるわけないじゃない」

「小春は甘いなぁ……。おにいだって健康的な一男子だよ？　むらむらしたときはどーするのさ」

「ちょっと綾乃、下品な話はやめなさいよ！　ここには由香里ちゃんと楓花もいるのよ」

「にひ〜、むらむらだって！」

「むらむら……？　にぃにぃ、むらむらってなぁに？」

「……男の人の生理現象よ……」

「乙女ちゃん、あまり由香里ちゃんに余計なこと教えないであげてくださいね」

「あの……みんな、お兄さんが、困っています……」

最後のかんなのセリフに、全員がはっと我に返って俺のほうを向いた。

「おまえたち……なんでここに」

俺は信じられない思いで、十二人の少女たちを凝視した。

な。

――若葉。咲。輝。小夏。小春。綾乃。美月。楓花。由香里。乙女。倭。そして、かんな。

誰ひとり欠けることなく、この場に勢揃《せいぞろ》いしている。

「なんでここにって、今日は兄ちゃんの卒業式でしょ？　あたしたち、式に参列するために来たんだよ」

咲が駆け寄ってきて、俺のネクタイを直しながら言った。

「そうそう。ここまで来るの、たいへんだったのよ。乙女さんがマイクロバスを出してくれなかったら、絶対に来ないわよね。こんなド田舎」

……若葉が得意げに喋《しゃべ》る。ド田舎で悪かったな。ていうか乙女、大型免許持ってたのかよ！

「なーんてね。ウソよウソ。私《わたし》たち気づいたの。兄さんが来てくれないのなら、自分たちから会いにいけばいいってことに。学校を卒業したら私も免許取るし、毎日のようにみんなを連れてきちゃうから。ねー、みんな？」

ばちん、とウィンクをして、若葉は全員に同意を求めた。次々と手が挙《あ》がり、満場一致で可決される。

……俺は、何度も何度も目をこすった。

桜の花びらが風に舞うのがあまりにキレイで、やっぱり夢かと思いそうになった。だけど、咲のネクタイを直す手が……俺の腕に絡みつく由香里のぬくもりが……俺をしっかりと現実に結びつけていてくれる。

俺の帰る場所は、あの家だ。

冬は寒くて、夏は暑い、快適とは言い難い家だけど……どこよりも笑顔に溢《あふ》れ、優《やさ》しさで満ちている。

「ねえ、ところで兄さんは卒業したらどうするの？　就職決まったの？」

若葉の問いに、俺はしばらく間をおいてから答えた。

「……四月から、此の道学園に配属される葉山昇、音楽担当です。来月からまた夕映荘にお世話になります！」


【END】

あとがき

ゲーム本編の主人公に比べると、本書の主人公は多少、いやかなり移り気に見えるかもしれません。ですが……ある日突然、十二人のかわいい女の子たちに囲まれて暮らせるなんてチャンスに恵まれたら、実際のところひとりに絞るのはなかなか難儀なことだと思うのです。むしろこんなシチュエーション、活かさないでどうする！と心の中でガッツポーズを取るのがオトコの性……。

というわけで、主人公の漢気《おとこぎ》を炸裂させるにあたって、さまざまな要素を足したり引いたりする作業が必要になりました。本書は基本的に文化祭と修学旅行のルートを中心に描いていますが、ゲーム本編では体育祭ルートも楽しむことができますので、未プレイの方はぜひ妹たちのブルマ姿を堪能してくださいませ。

すべてのイベントを盛り込むのはどうにも厳しかったですが、十二人の妹たちはそれぞれ強烈な個性を持っているので、日常的なやりとりを描写するときがいちばん楽しかったかもしれません。プレイした方なら、「夕映荘」の居心地のよさを誰よりも理解されているかと思います。

今回も、多くの方々にご協力をいただきました。的確な指摘とあたたかい助言の数々、この場をお借りして心よりお礼申し上げます。

二〇〇三年　五月　　岡田留奈

カラフルキッス 12コの胸キュン!

2003年 6 月25日 初版第 1 刷発行
2003年11月10日 第 2 刷発行

著 者 岡田 留奈
原 作 戯画
原 画 止田卓史 & さぎさわあんず & 犬彦

発行人 久保田 裕
発行所 株式会社パラダイム
〒166-0011東京都杉並区梅里2-40-19
ワールドビル202
TEL03-5306-6921 FAX03-5306-6923

装 丁 妹尾 みのり
印 刷 株式会社高山

乱丁・落丁はお取り替えいたします。
定価はカバーに表示してあります。

既刊ラインナップ

定価 各860円+税